Mollesse

Franck Mignot

Mollesse

Roman

P.O.L
33, rue Saint-André-des-Arts, Paris 6e

ISBN : 978-2-8180-5741-4
www.pol-editeur.com

À la merde qui sent toujours, quoi qu'il arrive.

Mon histoire commence à la plage. La plage c'est les beaux jours qui arrivent. Pour profiter, faire en sorte que le moment soit différent, plus intense.

J'avais pris soin de préparer le sac en avance et lorsque est venu le moment de partir, les enfants n'ont eu qu'à mettre leurs chaussures. Des fois, cela peut être une montagne. Là, ça allait. Ils étaient pressés et heureux.

Depuis chez moi, il y a des plages à moins de dix kilomètres. C'est une chance. Peu importe qui je croiserais en chemin, nous finirions sûrement par échanger quelques mots sur le prix de l'immobilier, sur la venue des

Parisiens, de la LGV et du télétravail qui réorganise les modes de vie.

Je ne suis pas breton et pourtant je participe mollement et parfois gaiement à ces conversations. Pas jusqu'à faire des banderoles anti-Parisiens, mais tout de même... J'ai tôt remarqué que souvent les derniers arrivés doivent, pour s'intégrer, être les plus hargneux.

Une fois la voiture garée, nous n'avons pas respecté les petits chemins bétonnés qui menaient à la plage. J'ai coupé par les pelouses, portant le dernier de mes enfants dans mes bras, tout en surveillant du regard les aînés qui déjà se perdaient dans la foule.

C'était une plage de ville. Celle où l'on se rend en bus. Un ami disait « la plage des pauvres ».

En surplomb de cette plage, il y avait un manège bleu.

Mes enfants n'ont rien demandé, mais j'avais déjà préparé la formule. Venir à la plage était déjà quelque chose de bien, il ne fallait pas trop en vouloir, il fallait déjà profiter de ce pour quoi nous étions là : le sable, l'eau. Bref, tout ce que les parents peuvent dire maladroitement lorsqu'ils veulent transmettre ce que les sciences de l'éducation nomment « l'apprentissage de la frustration ».

Je ne suis pas plus citadin que breton.

La mer était haute, ce qui faisait que les serviettes sur le sable étaient massées, entre la route et la laisse de mer, sur une portion large de vingt mètres tout au plus. Je voulais avancer, car les premières places libres sur la plage n'étaient pas à mon goût. Puis, alors que je disputais sans raison mon dernier enfant qui ne marchait pas assez vite, une tête s'est retournée. C'était une maman de l'école avec laquelle ma femme et moi avions sympathisé. On se trouve des points communs en toutes circonstances, peut-être encore plus lorsque l'on élève des enfants.

« Ah ben tiens ! » J'ai souri. J'ai posé les affaires. « Dites bonjour les enfants ! Regardez qui est là ! » Elle m'a appris qu'ils étaient arrivés il y a une heure. Que déjà hier ils étaient venus et que si elle avait su… elle m'aurait envoyé un SMS. Je lui ai dit qu'Amandine travaillait. Elle le savait déjà. Son mari à elle bricolait à la maison. Il profitait d'être sans les enfants, « pour avancer un peu », comme on dit. Avancer quoi ? On ne sait pas bien. Ce qui est sûr, c'est que cette expression parle à ce genre de gens, dont je fais partie.

Les enfants ont joué.

C'était agréable d'être avec cette maman. Elle faisait partie des femmes de mon entourage à ne pas être dans la séduction. Elle ne survendait rien. Par son attitude, elle n'essayait pas de s'imposer dans vos futures pensées masturbatoires, tout en se garantissant en tout bien tout honneur qu'il ne s'agissait là que de vous allumer un peu comme ça se fait entre gens bien élevés. Rien de ça chez elle.

Nous n'avons pas parlé des Parisiens, ni de la LGV, ni de l'immobilier, sujet qui devait pourtant la préoccuper, c'était un couple qui avait de l'argent, pas assez pour faire de très grandes choses, mais assez tout de même pour devoir le gérer et le placer. Et le placement des petits riches, c'est l'immobilier. La pierre, comme ces gens-là aiment à le dire, car ce mot de pierre est rassurant. La pierre… ces gens-là peuvent aussi dire la planche à billets… faire marcher la planche à billets, sans savoir vraiment plus que moi ce que ça veut dire.

Je lui ai dit que j'étais content de voir que les gens autour de nous ne portaient pas de masques. L'ambiance était détendue.

Nous avons parlé de la rentrée qui approchait. Il faudrait vérifier les devoirs, croiser les doigts pour qu'il n'y ait pas de énième confinement.

Les femmes autour de nous étaient dénudées, et tous les ans depuis que j'étais en âge de comprendre je réapprenais à me réhabituer à ça. Voir des femmes de tous âges, que je n'aurais jamais, même pas une.

Elle a surveillé les enfants qui s'étaient regroupés en tas, ce qui rendait la tâche plus facile. Pendant ce temps, j'ai compté. J'ai voulu faire ça au jour près, mais finalement j'ai arrondi. Ça fait quatre mois qu'Amandine et moi ne nous touchons plus. Je me rassurais nerveusement en me disant qu'avant ces quatre mois ça faisait peut-être dix ans que ce n'était plus ça entre elle et moi. J'avançais trop mollement à ses côtés. C'est sans doute ça qui expliquait la chose.

Les enfants ont creusé un trou dans le sable, ils ont dit que c'était un jacuzzi. Ils y apportaient de l'eau. Elle se retirait, et sans cesse ils retournaient tirer des seaux. Le plus grand de la bande n'arrêtait pas de répéter encore et encore : « C'est notre jacuzzi, notre jacuzzi ! » Je pensais aux piscines publiques des environs où les jacuzzis étaient réservés uniquement aux adultes. Pour éviter les invasions d'enfants.

J'ai eu envie de dire à ce gamin que plus tard ça ne serait pas satisfaisant.

Je voulais lui dire qu'il vivait là sa meilleure vie, ou, comme on le dit facilement aujourd'hui, qu'il était là, à cet instant, la meilleure version de lui-même. Il était l'ici et maintenant de tous ces grands mollassons qui vous parlent de leur chemin avec une voix sirupeuse et entendue.

Je n'avais pas le droit de dire ça à ce gosse. Car ce n'était pas parce que je n'y étais pas encore arrivé que lui n'y arriverait pas. « Si tu n'aimes pas, ne gâche pas le plaisir des autres. » Quelqu'un a dû me répéter cette phrase quand j'étais gamin.

Ce jour-là, avec Émilie, la maman de l'école, nous avons parlé du type bizarre qui vivait dans une grotte de la plage. Il y a plusieurs années de ça, il avait agressé un père et son fils qui s'étaient approchés d'un peu trop près de son antre. Je me disais qu'il fallait vivre comme ça, comme un moine inatteignable qui attend que la vie passe sans se soucier qu'elle passe, car tout ça n'a pas plus d'importance que le reste. Mais nous parlions d'un fou, en rien d'un idéal.

Les enfants allaient de plus en plus loin pour jouer. Ma fille s'était fait une copine. Elle longeait la plage. Seule la couleur de son maillot de bain me permettait de la reconnaître. Les garçons déambulaient un peu partout.

Émilie et moi avons parlé de l'autonomie des enfants : À quel âge fallait-il les laisser aller à l'école tout seuls ? Et puis le reste ? C'était une discussion qui tournait autour du pot. Je disais que dans la campagne dans laquelle j'avais vécu… puis elle disait qu'à la campagne aussi les voitures pouvaient rouler vite. Qu'il fallait faire attention. Bien regarder des deux côtés de la route. Puis, à l'instant même, nous avons fini par parler de cette vraie peur que nous éprouvions en laissant nos enfants s'éloigner sur la plage. La peur qu'on nous les enlève, qu'on nous les sodomise, qu'on nous les découpe en morceaux. Émilie a fini par dire : « Une fois que ça t'arrive c'est trop tard ! Après, t'as plus que tes yeux pour pleurer ! » J'ai pensé au mari d'Émilie qui lors d'un précédent goûter m'avait dit que si un de ses locataires s'avisait de ne pas le payer il irait lui régler son compte cagoulé à coups de barre. On s'aménage toujours des échappatoires, mais face à des enculeurs de gosses, Émilie avait sûrement le mot juste : « Plus que les yeux pour pleurer ! »

Après ça, nous nous sommes éloignés. Je suis monté vers le parc de jeux situé à l'entrée de la plage pour surveiller nos gamins et elle est restée près de l'eau. Sans rien se dire, il coulait de source qu'à cet instant je devais surveiller ses gosses et les miens et elle en faire autant pour ceux restés vers la mer. Nous étions mieux ainsi. De temps en temps, nous nous faisions un signe rassurant de la main. Puis parfois un gosse disparaissait, mais, à deux à quadriller le terrain, il était vite de nouveau sous un regard.

Ce qui pousse un homme et une femme à s'apporter soutien : le fait que ce n'est pas possible de s'en sortir tout seul, sans doute.

Ça ne servait à rien de rentrer à la maison. Les enfants s'amusaient. Alors nous sommes restés jusqu'à la limite du couvre-feu.

J'ai rhabillé simplement les plus grands et j'ai enroulé le plus jeune dans un large drap froissé couleur coquille d'œuf, ce qui lui a donné des airs de demi-dieu.

J'ai dit à Émilie : « À la prochaine ! » Et elle m'a répondu : « À lundi ! » Ça faisait du bien de s'entendre dire ça.

Le temps passé à écrire est peut-être du temps perdu. Ma pensée la plus profonde c'est que l'histoire qui m'est arrivée vaut la peine d'être racontée.

Un type est passé dans le journal la semaine dernière. Il avait construit un train miniature dans son sous-sol. Ça lui avait pris cinq mille heures. 5 000 était d'ailleurs dans le titre de l'article. Le type sur la photo, les cheveux grisonnants, l'air tracassé de recevoir un photographe dans son sous-sol, regardait l'objectif, inquiet. Pourquoi avait-il fait tout ça ?

Peut-être, tout simplement, qu'à côté de la pelouse à tondre, du linge à plier et du reste, certains de la race humaine ont besoin d'utiliser leur temps de manière frénétique et dispendieuse. Juste parce que ça vaut la peine.

Quand vous avez des petits en bas âge, vous faites attention aux merdes de chien sur les trottoirs. Même lorsqu'ils ont passé l'âge de les saisir allègrement à pleine main, voire de les remuer avec un petit bâton, ils continuent pendant de nombreuses années à marcher et à rouler dedans comme si tout ça n'avait pas d'importance. J'en étais là de mes réflexions lorsque des bruits d'enfants sont montés du parc de jeux du quartier.

Mes enfants sont allés s'amuser, et, de mon côté, j'ai sympathisé avec un couple que je n'avais jamais vu ici. Ils faisaient tous deux la même taille, assez grands. Il y avait chez eux quelque chose de commun qui faisait qu'on ne se disait pas qu'ils allaient bien ensemble, plutôt on aurait pu les prendre à tort pour frère et sœur. Ils étaient mariés.

Je regardais la femme, sa façon de se servir de ses lunettes de soleil pour tenir ses cheveux, le reste, la robe à fleurs, sans collant, la peau blême.

Je repensais à cette phrase qu'avait dite Brigitte Lahaie un jour à la radio : les femmes aimaient dans une certaine mesure jouer à être des proies et les hommes à les chasser. À ce moment, je sentais ça. Pourtant j'étais loin, bien loin, de baiser ne serait-ce que ma propre femme, alors celle d'un autre... seulement il y avait ça.

On ressent rarement les choses, seul. Les choses ne viennent pas non plus totalement des autres. C'est comme qui dirait entre les deux, une affaire de relation. Un phénomène en deçà des mots.

Ce couple était arrivé de Paris il y a peu de temps. D'après eux, ça avait été une décision mûrement réfléchie. Ce n'était en rien lié à la crise sanitaire, même si le télétravail avait permis à Antoine, le mari, de se libérer plus facilement. En les écoutant, j'entendais ce trait typiquement humain, celui de ne pas aimer commencer quelque chose, ce trait qui force les gens à toujours faire croire que même s'ils commencent quelque chose pour la première fois, ils aiment particulièrement faire croire le contraire. On l'entend chez les intellectuels qui prétendent à chaque coin de conversation relire des livres qu'ils n'ont pourtant encore jamais lus. La première lecture est déjà une relecture pour eux.

Julie a repris les propos de son mari. C'était longuement mûri. « Je crois que ça a commencé avec les attentats. On habitait en face de la Belle Équipe, l'une des terrasses où il y a eu les attentats. Ensuite, on a déménagé à Nation... ça a été le carrefour du mouvement des gilets jaunes... non vraiment. » Son mari l'écoutait parler comme un psychothérapeute écoute un patient pleurer sur sa vie de merde. Il n'a rien dit, n'a pas relancé. Tout ça était derrière eux désormais. Puis un arrière-grand-parent de Julie avait habité Vannes. Donc pour eux, c'était comme un retour aux sources.

Nous avons dû nous arrêter de parler. Deux de nos enfants étaient en train de régler un différend à coups de pied. Mon fils pleurait. Notre arrivée a tout de suite calmé les choses. Le garçon du couple avait tapé le plus fort et Julie se confondait en excuses. Elle levait l'index pour indiquer à son fils que c'était elle qui dictait la marche à suivre. Le garçon a émis un cri strident, et le visage de la mère s'est métamorphosé. Elle a dit quelque chose qu'eux seuls pouvaient comprendre, puis tout est revenu à la normale. Elle avait réussi à le menacer de façon claire et violente, avec un automatisme déconcertant.

Après ça, nous avons repris notre discussion entre adultes : les travaux à finir dans leur nouvelle maison pour bien s'approprier les lieux, l'affaire de quelques semaines. Nous nous sommes aperçus que nous étions quasi voisins. Nos enfants iraient dans la même école. J'ai dit que c'était une école super. J'avais le sentiment que les parents devaient dire cela, vrai ou pas. Julie a demandé à mon plus grand fils si sa maîtresse était gentille. Il a acquiescé de la tête sans me demander l'autorisation de répondre. Je repensais à ma tante, une ancienne agricultrice, qui détestait ce genre de question. Avec un verre de trop dans le nez, elle ne se faisait jamais prier pour lancer : « On demande toujours aux enfants si leurs maîtresses sont gentilles ! C'est incroyable ! Ce n'est pas aux maîtresses d'être gentilles, c'est aux enfants !! »

Antoine, sans décroiser les bras, regardait par moments sa montre. Je lui ai dit qu'il n'y avait pas beaucoup de contrôles dans la ville. Il y avait une certaine tolérance, sans doute liée au faible taux de contamination dans la région. C'était malgré tout bientôt le couvre-feu, et l'heure de rentrer.

Avec ce couple, nous avons formé un petit cercle. J'ai appris que dans les mois à venir, Antoine devrait se rendre un jour par semaine à Paris, en présentiel, et le reste de ses missions se dérouleraient en télétravail. Julie avait quant à elle effectué une formation de secrétaire comptable avant de quitter Paris et avait déjà son CDI qui l'attendait avant même leur emménagement.

On ne se disait pas explicitement ce que nous faisions comme métiers. Si tout allait bien, à force de nous voir, nous nous tutoierions peut-être. Il y avait des silences, puis des regards. J'y prêtais beaucoup trop de sens.

Deux de nos enfants ont fini par sortir du parc. Chacun a ramassé ses affaires.

Je peine à la décrire maintenant. Je ne voyais aucune douceur dans cette femme. J'imaginais cet homme malhonnête, son regard, sa peau épaisse et luisante, sa tête ne me revenait pas.

C'était, après tout, juste des gens avec lesquels on parle comme ça sans but, ni raison, ni projet. Du bavardage pour passer le temps.

Je ne surveillais plus mes enfants. Moi qui l'avais toujours fait de manière scrupuleuse, je les laissais divaguer et en fin de compte cela ne se passait pas si mal que ça.

Les dimanches se déroulaient toujours de la même manière. Avant le petit déjeuner, j'allais à quelques rues acheter des croissants et le journal.

J'avais accepté que la vendeuse, une jeune femme de seize ans, soit incapable de retenir une commande dès qu'elle dépassait quatre viennoiseries. Avec le temps, j'aimais ses erreurs qui allaient dans mon sens et je détestais celles qui me faisaient payer le double du prix.

Parfois, mes enfants m'accompagnaient. C'était ces moments de l'enfance où les parents et les rejetons affectionnent particulièrement montrer qu'ils savent être polis en mettant toutes les formules de politesse articulées dans le bon ordre. Et face à eux, souvent, les commerçants jouent le jeu. Pour assurer l'accueil des clients, la jeune de seize ans était accompagnée de deux quadragénaires un peu usées par la vie et la cigarette. Deux sœurs, je pense. L'une comme l'autre, malgré leur différence, ne manquaient jamais de lancer un petit « il est mignon » ou encore un « cocotte », ce qui faisait toujours rougir de fierté mes enfants.

Nous rentrions ensuite à la maison et, à chaque fois, le bruit de notre retour répondait aux toussotements de la cafetière électrique qui finissait de vomir ses entrailles.

J'ai aimé les cafetières italiennes durant ma vie étudiante, ainsi que les cafetières à piston, que je vidais pieds nus sur un balcon en feuilletant un livre et en respirant l'air comme un poète. Mais ma belle-mère n'aimait pas, et n'aime toujours pas les grandes quantités de marc de café que laissent ces cafetières dans les tasses. Ma femme a alors acheté une bonne vieille grosse cafetière électrique que j'ai d'abord refusé d'utiliser par principe, mais que j'ai remplie par la suite ras la gueule tous les matins que Dieu faisait.

C'est peut-être un défaut de personnalité de ma part, mais, comme ma belle-mère, je n'aime plus le marc de café des cafetières à piston qui vous donne l'impression de manger en même temps que vous buvez.

Les dimanches matin au petit déjeuner, je feuilletais le journal en lisant tous les titres. Parfois, je lisais un article intéressant au premier passage. Je faisais ensuite les mots fléchés. Après, j'envoyais la photo de la grille incomplète à Isabelle, une collègue de travail, et, dans la seconde, elle me répondait. Je remplissais les trois, quatre derniers mots qui me manquaient.

Cette fois, il m'en manquait deux. Isabelle tardait à me répondre. J'avais retourné le journal à la première page pour décortiquer les nouvelles. Les masques chirurgicaux avaient remplacé les sapins parfumés aux rétroviseurs centraux des voitures, et dans les journaux ces mêmes masques bleus avaient remplacé les jolis sourires de ceux qui se faisaient tirer le portrait.

J'ai reçu la réponse d'Isabelle à la grille alors que je lisais la dernière page du journal. Cette fois, ce qui n'était pas habituel, il lui manquait un mot. Mais nous ne trichions pas, ni elle ni moi. Jamais nous n'aurions tapé dans un moteur de recherche de téléphone : *amas de sporanges 4 lettres*. Certains le faisaient, mais pas nous. Depuis six ans, je formais un binôme avec elle au travail. J'avais toujours fonctionné comme ça.

Il y avait eu Benjamin en primaire, puis Benjamin avait déménagé, et alors plus personne. Il y avait ensuite eu Julien au collège, et Julien s'était éloigné, alors il n'y avait eu de nouveau plus personne. Il y avait ensuite eu Fabien au lycée et, avec l'internat, ça avait été vraiment fusionnel. Puis à la fac, c'était devenu différent. Mes camarades étaient de simples connaissances qui passaient la plus grande partie de leur temps enfermées dans leurs petits appartements étudiants.

Avec les collègues de travail, on m'avait mis en garde dès le début. Un professionnel en poste m'a dit un jour : « Un collègue ne devient jamais un ami... Souviens-toi de cela... Sinon, ce que tu as dit un jour se retournera contre toi... Il ne faut pas trop parler au travail... Pas trop en dire sur soi... Pas trop s'exposer... »

J'avais écouté ce collègue tout en me demandant s'il ne m'en disait pas trop, justement.

Pourtant il y avait eu Isabelle, et son tempérament. Et je m'étais dit que comme Benjamin, Julien, Fabien, je pourrais tout lui dire.

Isabelle aurait pu avoir l'âge de ma mère, une mère qui m'aurait eu très jeune, une mère adolescente. Un jour, en fin de journée, alors que les bureaux étaient déserts, je l'avais surprise assise sur le siège des toilettes. Elle n'avait pas verrouillé la porte. J'avais fait volte-face, et dix minutes plus tard, lorsqu'elle m'avait rejoint en salle de pause, elle m'avait confié avoir une peur terrible de rester enfermée aux toilettes. Ainsi, dès qu'elle le pouvait, elle ne verrouillait pas la porte. Après l'avoir écoutée, je lui ai dit que les gens comme elle, qui avaient peur de rester enfermés aux toilettes, n'avaient pas de crainte d'être surpris le pantalon sur les chevilles. Ce qui est assez ironique.

Cet épisode avait indéniablement scellé notre rapprochement, et aussi le fait que tous les midis, à la pause déjeuner, nous faisions les mots fléchés du journal du jour. Isabelle avait divorcé deux fois. Elle avait vécu plusieurs vies, là où des gens ne vivent parfois même pas la leur. Souvent, je l'invitais à passer à la maison. Ma femme l'appréciait, mais ça ne serait jamais allé plus loin entre elles, car même avec ses propres amies ma femme gardait une certaine distance.

Isabelle parlait parfois de ses mariages passés : « J'ai pas compris la première fois. Il m'a fallu deux fois. » Elle ne se marierait pas une troisième fois, pas tout de suite. Elle m'expliquait faire attention à ce qu'elle disait. « Je ne dis plus que les mecs sont tous de parfaits connards. Je dis... Ce n'est quand même pas de chance, je ne sais pas comment je me débrouille... à chaque fois... à chaque fois je tombe sur des gros connards. C'est tout moi ça ! »

Le samedi soir, en rentrant du parc, j'avais parlé à ma femme du couple de Parisiens expatriés. Elle m'avait écouté sans poser de questions, comme elle savait le faire. On aurait pu penser que cela ne l'intéressait pas. J'ai appris avec elle que des gens bien élevés peuvent écouter avec le plus grand intérêt des récits qu'ils semblent pourtant ne pas écouter le moins du monde. Quand bien même elle aurait voulu en savoir plus, elle ne m'aurait pas questionné. Elle était comme ça. J'avais l'impression qu'elle ne m'avait pas écouté, qu'elle m'avait snobé. En fin de compte, elle n'avait pas raté une virgule de mon récit.

Le lendemain matin au petit déjeuner, je lisais la dernière page du journal. Une femme vendait son livre dont le sujet était : les femmes pas assez connues et reconnues dans le cinéma. L'article parlait de domination sociale et économique, de fantasme d'homme ne ratant jamais une occasion de faire apparaître à l'écran des prostituées dans leur film. L'auteure parlait de fantasmes inavoués des hommes et, dans ma tête, inavoué résonnait avec honteux. Mais elle parlait aussi des pratiques sous Weinstein où le personnage principal masculin avait le droit de choisir la partenaire (avec laquelle il y aurait une scène dans un lit). Pis encore, il avait droit de regard sur le salaire de cette partenaire.

Je demandais à ma femme ce qu'elle pensait de tout ça. Elle m'a dit que du féminisme elle ne retenait que l'égalité des salaires. Le reste ne l'intéressait pas. Je trouvais ma femme forte, de la force des gens qui ne tergiversent pas. Elle gagnait plus d'argent que moi. Beaucoup plus. Elle ne faisait pas partie d'un club de féministes comme certains appartiennent à un club de joueurs d'échecs. Non.

J'ai de nouveau parcouru l'article. Ma femme regardait ailleurs. Nous n'échangerions pas d'autres mots autour de ce sujet ce matin, ni sur aucun autre sujet. En refermant le journal, j'ai pensé à tous ces hommes castrés qui ne baisaient pas. Des féministes auraient pu leur dire à eux aussi qu'ils participaient à la domination des hommes sur les femmes, à eux surtout, même si de leur misère sexuelle on ne voulait rien entendre sur les plateaux télé ou dans les journaux. Je me sentais plus proche d'eux que du violeur.

Un jour, un parent d'élève m'avait raconté qu'il s'était amusé avec ses enfants à compter les merdes de chien sur le trottoir durant le trajet qui menait à l'école. Il était arrivé à trente-quatre crottes.

Dans je ne sais plus quel pays nordique, les propriétaires de chiens doivent faire enregistrer leur animal dans une base de données. Ils disposent alors d'un passeport génétique pour leur animal, et les agents publics ont comme droit de prélever les merdes restées sur les trottoirs pour les envoyer en analyse. Au bout de la chaîne, le propriétaire du chien récolte une amende pour ne pas avoir ramassé la merde de son animal. Je songeais à ces types en France qui auraient dit que nous sommes trop latins pour accepter ce genre de chose. Que chez nous, bien malin serait celui, politique, qui se risquerait à faire voter une telle loi.

Latin veut dire libre et bavard sans doute, trop humain. Ça ne m'a jamais persuadé comme argument : le côté latin.

Il avait d'ailleurs aussi été avancé avant le premier confinement. Dans les médias, on entendait des politiques, fiers d'eux, lancer : « Ici, ce n'est pas la Chine, on ne va pas comme ça demander aux gens de rester bien docilement chez eux et de porter le masque dedans et dehors. Ça ne marcherait jamais. Nous sommes beaucoup trop latins ! » Finalement, un an après, les petits courageux qui osent braver l'interdit gardent malgré tout le masque sur le menton, prêts à le faire glisser sur leur claque-merde en cas d'uniformes à l'horizon. Tout le monde chez les Latins s'est plié et je ne sais pas dire si c'est une bonne chose ou non. Je m'éloigne de mon sujet, sans doute que ma dyslexie mentale me joue des tours : chien, Chine.

Comme presque tous les matins, j'accompagnais mes enfants à pied à l'école. Nous sommes arrivés sur l'esplanade avec une légère avance, mais comme l'ouvreuse était systématiquement en retard, il y aurait quelques minutes d'attente. Les premières années, je regardais les hommes et les femmes qui accompagnaient leurs enfants comme autant d'hommes frustrés et de femmes insatisfaites qui se lorgnaient l'air de rien, se faisant des promesses par le regard. C'était une incompréhension qui me rendait triste.

Avec les années, je m'étais fait des copains parmi les parents d'élèves, des connaissances plutôt.

En passant, j'ai vu que la mère d'Ivana me saluait discrètement. Elle ressemblait à une de mes cousines dont j'avais été follement amoureux à l'adolescence, ce qui me donnait toujours un air interdit lorsque je bavardais avec elle. Au plus près de la porte, il y avait un grand blond musclé. Je l'avais toujours imaginé timide jusqu'à un jour de réunion de rentrée où je m'étais retrouvé dans la même classe que lui. Au milieu des parents, il était le seul à poser mille questions et à ne pas arrêter d'interrompre l'institutrice dans sa présentation.

Pour tuer l'attente, j'ai discuté avec Damien. C'était le mari d'Émilie, avec laquelle j'avais partagé un moment à la plage. Toutes les minutes, il produisait une espèce d'accent circonflexe avec ses sourcils, mimique complexe qui accompagnait un discours qui aurait pu être résumé par la formule suivante : « Pour la suite, on verra, mais pour l'instant ce n'est pas si mal. » Il me paraissait être tout entier un monstre de gentillesse et de patience. Nous avons parlé de la crise sanitaire et du film de la veille. J'ai répété ce que j'avais entendu : « Pour un film français, ça passe, puis ça nous montre comment les soldats se parlent dans un sous-marin. »

Les portes de l'école se sont ouvertes, aspirant les enfants à l'intérieur. Julie dont j'avais oublié le prénom portait un masque en soie noire, ce que je n'avais pas remarqué au parc, mais qui me semblait logique aujourd'hui. C'était plus distingué. Ses enfants paraissaient très à leur aise, comme s'ils n'avaient pas dû changer d'école en cours d'année, comme s'ils étaient là depuis toujours. De vrais petits Bretons. Antoine et Julie, le couple de Parisiens, n'auraient plus qu'à changer les plaques d'immatriculation de la voiture et le tour serait joué.

Julie discutait avec Noémie, une mère de trois petites filles dont tous s'imaginaient qu'elle rêvait en secret de quitter son mari. Il lui manquait l'argent pour partir. Le constat affolé qu'elle faisait sur sa situation personnelle se terminait toujours par cette même sentence : « Il faut d'abord que je me trouve un travail, et là... » Ensuite, elle parlait comme une gamine de cinquième qui croit encore qu'elle deviendra vétérinaire alors qu'elle a tout juste la moyenne. Je bavardais souvent avec elle. Une fois, il m'avait même semblé qu'elle était différente, mal et trop à l'aise. C'est sûr qu'on lâche plus facilement la liane que l'on tient dans la main droite lorsqu'une autre plus solide et moins râpeuse nous arrive dans la main gauche. À trop l'écouter, j'en avais eu une fois des pensées désagréables : « Elle met une demi-heure à déposer ses enfants le matin à l'école, alors trouver du travail ! » Les mous et les molles je m'imaginais que c'était la pire engeance pour les patrons. Même si parfois ne pas trop bousculer l'ordre établi c'est une compétence clef dans le domaine professionnel.

Lorsque les yeux de Julie se sont posés sur moi, elle a manifestement compris que je la fixais depuis un certain temps. Elle avait un regard de semaine, un de ces regards qui valident toutes les étapes du quotidien, mais qui diffèrent l'amusement à plus tard, aux week-ends, aux vacances. Elle a ouvert en grand les yeux pour me dire bonjour. Cette saloperie de pandémie avait quand même simplifié certaines choses. Avant, je me serais dit que j'allais devoir faire la bise à Noémie, mais que je serais gêné de la faire à Julie que je voyais pour la deuxième fois de ma vie, mais que tout de même je ne pouvais pas ne pas faire la bise à Noémie que je connaissais. Là, avec la pandémie, on pouvait se dire bonjour et salut les mains dans les poches.

J'ai dit bonjour à Julie sans m'attarder parce qu'on m'attendait au bureau. Ça a été assez grotesque, puisqu'elle m'a emboîté le pas et, au bout de l'esplanade, nous avons dû nous rendre à l'évidence : pendant au moins quelques minutes, nous prendrions le même chemin. Nous avons peu parlé pendant cette marche. Je sentais par moments son épaule venir se choquer contre la mienne, à d'autres moments nous nous mettions à la file indienne, parce que le trottoir était encombré de poubelles. Elle portait un parfum âcre qui surchargeait l'air. Même avec le masque, j'avais la sensation de sentir son souffle sur ma nuque. Au milieu d'une longue rue, nous nous sommes séparés. « À bientôt. » C'était comme si nous n'avions pas voulu nous quitter, et cette mièvrerie m'ennuyait l'esprit sitôt que je sentais dans le fond du fond ce qui m'animait. J'avais envie de la baiser. C'est tout.

Pendant toute cette période de ma vie, j'étais encore en contact avec mon ami Pierre. Il avait accepté de venir faire une balade en forêt avec moi. Un endroit que je connaissais pour m'y rendre souvent avec mon chien et mes enfants.

Certains hommes se retrouvaient dans les bosquets aux abords des parkings.

Une collègue qui avait deux passions dans la vie : le travail et la natation, m'a dit un jour que garer sa voiture le cul vers l'arrière suggérait qu'un homme était en recherche d'autres hommes. Ces hommes étaient libres, mais ça adossait leur rencontre à une sorte d'exhibitionnisme angoissant lorsqu'on est un père comme moi, et qu'on se balade avec ses enfants. Ce qui m'emmerdait surtout c'était le peu de fibre écologique qu'il y avait chez eux. Les capotes et leurs emballages jonchaient le sol pile-poil aux endroits où mes enfants aimaient jouer aux explorateurs. Parfois, des gants en latex dormaient au milieu des feuilles. Jeune, j'avais connu... Là, je m'imagine mal dans ce genre de posture. Pour moi-même, j'étais vite arrivé à la conclusion que la multiplication des sexualités compliquait la vie.

Finalement, c'était plus après les pollueurs que j'étais en colère.

Cette fois, j'étais venu sans mes enfants. Je n'avais pas à surveiller qu'ils n'aillent pas patauger dans les résidus de capotes.

Pierre avait accepté de lâcher sa thèse qu'il tentait d'écrire depuis des années pour venir marcher avec moi. Même si le plus gros de notre amitié était parti dans le passé avec notre vingtaine, je savourais pleinement la maigre liberté de me promener avec un ami surtout lorsque je croisais des familles ou de vieux couples inquiets.

Dans nos conversations, et de manière générale, Pierre aimait la complexité.

Je lui ai parlé de mon ami Willy, atteint d'une maladie grave, ayant le courage de cent hommes, et de sa femme, pas foutue de le lui rendre en écartant les cuisses une fois de temps en temps malgré tout ce qu'il avait traversé. Je tournais en rond sur ma frustration en parlant de celle des autres.

Pierre aussi n'avait plus de rapports sexuels. Plus nuancé, plus fin, plus intelligent en somme, il pensait que cela participait d'un système.

J'avais été abasourdi la fois où il m'avait dit que son ex aimait regarder du porno gay. Je ne m'étais jamais imaginé qu'une femme puisse prendre son pied en se masturbant devant deux hommes qui s'emmanchaient. J'étais décidément devenu trop classique pour mon époque. Pierre, lui, ne voyait pas où était le problème. Je me disais que cela rassurait peut-être certaines femmes de voir des hommes se faire mettre.

Toujours est-il que Pierre ne baisait plus, que ça ne le dérangeait pas, et je me demandais où tout ça irait…

Durant cette balade, mon chien nous accompagnait. Une femelle, on m'avait dit que ça se dressait mieux, et je savais d'expérience que ça se battait moins. Je n'avais pas envie de rentrer dans des concours de virilité avec des inconnus où mon hypothétique chien mâle aurait pris une rouste par un mâle plus dominant que lui. J'avais déjà trop perdu, été assez humilié, pour persister avec mon animal domestique. Ce choix du chien disait beaucoup de moi.

Il y a longtemps Pierre et moi avions des discussions intellectuelles qu'il partage désormais avec ses collègues thésards. À moi, l'ordinaire, le quotidien. C'est malgré tout plus authentique. Parfois, il s'autorisait à me parler comme un livre, alors je l'écoutais en mettant des lunettes. Il parlait d'état d'urgence, de droits fondamentaux, de liberté grignotée, en citant tout un tas de types qui avaient déjà dit ceci, cela.

Lors de notre balade, il l'a surtout fait pendant les descentes, les montées requéraient tout son souffle.

À un moment, nous sommes passés dans le haut du bois qui était toujours désert. J'ai raconté en détail à Pierre le rêve que j'avais fait la nuit précédente. Une maison vide dans laquelle j'étais entré sans y avoir été invité. À peu de chose près, le conte de Boucle d'or. De ce rêve, il me restait une sensation : la peur d'être surpris. Pierre m'écoutait, et, bien que notre amitié se soit distendue avec les années, je n'avais jamais eu l'impression de l'ennuyer. J'avais déjà pu passer plus d'un mois sans le voir, mais lorsqu'il acceptait enfin de m'accorder du temps c'était vraiment pour me l'accorder.

Dans un livre audio du très zen Christophe André, j'ai retenu qu'en matière d'amitié il ne faut pas attendre la même chose de tout le monde. On a des amis avec lesquels on peut se saouler, d'autres, parfois les mêmes, sont là pour les déménagements et les menus travaux, d'autres pour nous écouter des heures sans jamais nous laisser le moindre centime, là où, d'autres encore, peuvent nous donner de l'argent de bon cœur sans pouvoir nous écouter ne serait-ce qu'une seconde.

Ce rêve de Boucle d'or, c'était l'effraction. La porte de derrière que l'on emprunte pour s'enfuir par le jardin en s'apercevant qu'on a oublié quelque chose derrière soi. Pierre avait retenu l'expression « la porte de derrière donnant sur le jardin... » et comme un psychanalyste chevronné il avait conclu : « Tu as juste envie de te faire prendre... »

Pierre savait, et je savais, que ce n'était pas nécessaire de questionner davantage.

En traversant le côté fréquenté du parc, nous avons croisé un vieil homme avec sa mère. Conscients que pour cette femme ces quelques pas fatigués comptaient parmi les derniers de son existence, nous les avons salués. Un bonjour propre, désireux de leur faire croire qu'il n'y avait pas de différence entre eux et nous. J'avais mis ma chienne en laisse. L'éducation, ça vous colle à la peau, et faute de mieux ce n'est pas si mal que ça.

La balade a duré une petite heure. Pierre a accepté de venir chez moi le temps d'un café. Il ferait des blagues et cela ferait beaucoup rire mes enfants comme toujours. Je savais son plaisir lorsque ma fille ou mon fils répétait plusieurs jours après sa venue un bon mot ou un sobriquet qu'il avait eu à l'égard d'un de leurs jouets.

Je ne lui parlais jamais de l'école ou des gens de l'école. Il n'avait pas d'enfant. Un monde le séparait de mon quotidien. Je ne lui ai donc pas parlé des Parisiens, Julie et Antoine. Que dire ? Des contingences sur leur emménagement et la scolarisation de leurs enfants. Aucune parole importante, aucune réflexion particulière.

J'ai fini le tarama en l'étalant sur un pain italien vieux de plusieurs jours. À un moment, je suis tombé sur une tranche avec une tache ovale et noire. J'ai quand même tartiné.

Ce jour-là, à la télé, une chaîne que je ne regardais jamais rediffusait ses émissions de la semaine. Depuis quelques années, on en parlait tellement dans les médias que j'ai décidé de prendre mon repas devant l'une de ces émissions.

Sur le plateau télé, deux historiens revenaient en longueur sur l'histoire de Jeanne d'Arc. Elle n'avait jamais emmené paître les moutons comme le montrait le tableau qui défilait à l'écran, mais elle était une fille de laboureur, ce qui n'était pas tout à fait la même chose. Elle avait une mère très pieuse, qui semblait être à l'origine du mysticisme qui infuserait par la suite en elle. Les Anglais occupaient une bonne partie de la France actuelle, les Bourguignons aussi, et « les vrais Français », les duchés, de mémoire, avaient du mal à accorder leurs violons pour faire front contre l'ennemi qui les dévorait petit à petit. S'ensuivaient les différents tests que Jeanne d'Arc avait passés pour obtenir sa légitimité : passage devant un curé exorciste, déjouer le subterfuge du dauphin qui s'était caché dans la foule et qui avait placé sur son trône un de ses courtisans. Mais cela n'avait pas dupé Jeanne d'Arc.

Je savais que Jeanne d'Arc était un morceau de l'histoire de France confisqué intellectuellement par le FN. Je revoyais dans ma tête de vieilles images de Jean-Marie Le Pen implorer Jeanne d'Arc les mains au ciel quand il avait considéré être trahi par sa propre fille.

L'émission me semblait instructive, puis à regarder la succession des plans de la caméra j'ai eu la troublante impression que ce qui fonctionnait c'était surtout cette scène de théâtre qui était en train de se dérouler sur le plateau : deux historiens plus ou moins vieillissants, ou alors juste des chroniqueurs férus d'histoire, faisaient la leçon à une présentatrice à la peau noire qui écoutait sans broncher.

Ceux du plateau télé, les deux bavards donneurs de leçons et la présentatrice, faisaient peut-être cela innocemment. Mais pour le téléspectateur, cela ne faisait aucun doute qu'une telle scène flattait le Blanc moyen, qui voyait preuve à l'appui cette ravissante femme noire se faire instruire docilement de l'histoire de France.

Quelle était l'intention des créateurs de cette émission ? Acceptait-on plus facilement la couleur noire si c'était celle d'une belle femme ?

J'avais déjà vu cette présentatrice sur un plateau télé revenir sur son passé d'enfant maltraitée, et, sans faire de grande psychologie, je me disais en la voyant qu'elle était dans un beau traquenard, ici, sur cette chaîne, et que lorsqu'on avait été victime il était difficile de s'en sortir.

Je m'imaginais bien débattre sur ce plateau avec tous ces gugusses. Demander à cette femme de prendre la parole et forcer ces hommes, blancs, à l'écouter... Toutefois, faire ça, c'était encore la forcer, elle, à s'opposer, la contraindre et la déplacer comme un pion. Ça devenait un casse-tête infernal.

Je finissais désormais un fromage mou et malodorant sur le reste de pain italien. Je ne retiens pas facilement les noms des fromages. Lorsque je les ai en main, l'envie de bouffer écrase l'envie d'apprendre.

Ça a sonné à la porte. J'ai changé de chaîne avant d'aller ouvrir. Isabelle passait à l'improviste.

Elle était rousse. Elle m'a souvent répété que rousse c'est presque noir, que petite c'était difficile pour elle. Que sur la photo de classe, il y avait un Noir, et elle. Juste avant d'ouvrir, j'ai pensé à ça, au fait de se sentir différent en fonction des endroits. Il y a quelques mois, je lui avais dit que la spontanéité que j'avais connue enfant chez mes parents me manquait. Dorénavant, quelqu'un qui frappe à la porte a au préalable appelé, envoyé des SMS. Elle, elle avait pris cette habitude de passer à l'improviste. Elle avait cette qualité de s'éclipser rapidement si elle sentait qu'elle dérangeait. Je n'osais pas lui dire qu'elle était la seule à faire ça, et naturellement je savais qui était derrière la porte lorsque je n'avais été prévenu d'aucune visite.

Elle m'a demandé ce que je faisais. « Rien de spécial. Amandine est partie chez son frère avec les enfants. » Ça avait été décidé au dernier moment, le matin même, et je n'avais pas voulu y aller. Amandine ne l'avait pas mal pris. Depuis le début de notre relation, nous nous étions suffisamment vus pour savourer dans les largeurs ces petits moments l'un sans l'autre. Moments extrêmement plaisants, mais mal assumés.

Il était 14 heures. Hormis quelques corvées, je n'avais rien fait si ce n'est m'avachir dans le canapé.

Isabelle m'écoutait.

Je lui ai raconté que la veille j'avais vu des adolescentes s'énerver contre des canards qui ne voulaient pas de leur pain. Je me suis approché pour leur dire que les gens les nourrissaient toute la journée et que le soir ils n'avaient plus faim. Elles ne comprenaient pas pourquoi je leur parlais. J'étais un vieux pour elles.

Isabelle m'a répondu que je n'étais pas vieux. On bascule vite pourtant. J'étais dans cette salle d'attente de la vie où certains choix importants ont été pris et où il faut attendre sagement le prochain palier.

J'ai regardé Isabelle.

Je pensais à ce que nous disions avec mes amis à l'adolescence : « Avec les rousses, il n'y a pas de demi-mesure. C'est soit des moches, soit des bombasses. Pas d'entre-deux. » Isabelle avait son âge. Elle n'a jamais été moche.

Je lui ai proposé un café. Elle voyait que ça me faisait du bien d'être sans mes enfants. Lorsqu'elle a vu les jeux qui traînaient partout au sol, elle a dit : « Profite, Samuel, profite d'eux parce que quand ils grandissent, après... C'est fini... Tu n'es plus rien pour eux... Tu n'existes plus. Pfuit ! »

Ses deux filles qui lui ressemblaient menaient leurs vies comme des jeunes filles de maintenant. Et pour Isabelle, c'était une saveur aigre-douce de voir ses enfants heureux, mais heureux sans elle.

Nous sommes allés prendre le café dans le jardin parce qu'il faisait chaud. Nous nous sommes d'abord installés sur les chaises mais très vite, comme des gamins, nous nous sommes assis sur les balançoires. En regardant Isabelle, je revoyais Benjamin, Julien, Fabien… Elle comme moi n'avions pas eu envie de grandir, et comme elle était quand même un peu plus vieille que moi : « Je ne sais pas à quel âge c'est limité ce truc ? » J'ai répondu que c'était plus une question de poids. Elle a roulé des yeux comme pour dire qu'elle avait réglé une bonne fois pour toutes cette question. Pour avoir monté le portique, je savais qu'il pouvait supporter cinquante-cinq kilos. Sans doute que les constructeurs ne s'embêtaient pas trop. S'ils avaient pu mettre trente kilos, ils l'auraient fait. Je me suis bien gardé de le dire à Isabelle, j'avais envie que ce moment ne s'arrête pas. Ses hanches étaient comprimées contre les cordes usées et farineuses de la balançoire. Ce n'était pas très seyant aurait-on pu dire. Nous avons fini par arrêter de nous balancer, et nous sommes retournés à nos cafés.

Elle n'avait pas oublié cette idée du poids. Ça lui trottait dans la tête : « Ça fait un an que j'arrive à courir une fois par semaine, j'ai enfin réussi à me rentrer dans la tête que si je le faisais c'était pour mon cœur, pour le muscler, et que pour ce qui était de modeler mes fesses, ce n'est même pas la peine d'y penser ! Je sais que pour le cœur, une fois, c'est déjà bien. » Elle m'a demandé s'il fallait au moins trois bonnes séances par semaine pour obtenir un résultat en matière de fessier. Je n'en avais pas la moindre idée, mais je savais qu'elle avait juste besoin que quelqu'un lui donne raison. Elle semblait contente, mais pensive. Elle a fini sa tasse, l'a posée, puis elle m'a avoué que face à ses propres filles, elle avait l'impression de leur offrir l'image d'un miroir déformant. Je me suis répété la phrase dans la tête pour comprendre ce qu'elle avait voulu me dire. Elle proférait que c'était elle, Isabelle, l'image déformée. J'aurais pu lui répondre que non, mais j'avais aussi assez d'expérience pour savoir que ces paroles ne menaient à rien. Je lui ai dit qu'il y a six mois de ça, ma fille avait adoré regarder en boucle *Blanche-Neige*, et que mon fils pas du tout. Ça nous laissait perplexes. Isabelle, pas plus qu'une autre, pas plus que moi, ne pouvait être sans envies. Des envies contradictoires.

Je lui ai finalement dit ce que je regardais à la télé avant qu'elle arrive. Elle connaissait : « Une chaîne de fachos et de réacs. »

En fin de compte, je ne savais pas vraiment ce qu'était un facho. C'était comme la planche à billets, la pierre, facho, qu'un mot de plus dans tout ce bordel sans nom.

En début de matinée, j'ai croisé dans la rue une femme d'une trentaine d'années. Une fine trace blanche dans les cheveux. Elle avait dû passer son week-end, avec son conjoint, à rénover sa maison ou un appartement. Elle s'était sûrement nettoyé les cheveux avec du white spirit sans odeur, même si ça n'existe pas, et qu'il s'agit juste d'un white spirit puant une autre odeur, mais pas celle du white spirit. Elle avait une tête à se moquer du choix :

Glycéro / acrylique / peintureécobiobonnepourlaplanètekidsfriendly…

Elle m'a fait l'effet d'une pragmatique qui choisit glycéro parce que ça envoie du bois, et qu'avec ça la moisissure revient moins vite.

J'ai croisé une autre femme, vêtue d'une robe bleue chatoyante, et d'un masque assorti à sa tenue. Un masque bizarre, très pointu, très raide, et qui donnait l'impression d'être très épais. On en voyait depuis le début de toute cette merde, et, en un fragment de seconde, je venais de comprendre pourquoi je trouvais ce type de masque là si agressif. J'avais beaucoup regardé *Les Tortues Ninja* dans les années 1990, et il était la copie conforme du masque de Shredder, le méchant.

J'observais les femmes, j'imaginais, et j'en tirais souvent des conclusions hasardeuses.

Aujourd'hui, alors que je raconte tout ça, cette vie me paraît bien loin.

Lorsque je suis rentré chez moi, Amandine était là. Nous aurions pu dire que c'était une chance de ne pas travailler le lundi matin. Du temps pour soi, du temps pour faire les choses qui s'accumulent.

Les disputes sont comme les rapports sexuels : sans raison ni motif, sans réelle fin, sans commencement. Elle et moi n'avions jamais fait l'amour après une dispute. Jamais. Et ça n'arriverait jamais. Jamais. On ne se disputait pas pour pouvoir faire l'amour. Nous ne faisions plus l'amour. Je pouvais dire baiser, car j'aimais que ce mot sente le cul dans ma bouche alors même que je ne supportais pas que les autres l'emploient. C'était sans doute un reliquat de mâle dominant. Vouloir être le seul à baiser.

Je me souviens de ce que m'avaient dit mes parents à tour de rôle en des lieux et en des moments différents, presque la même formule : « Mais enfin, Samuel, tu n'as pas à t'inquiéter de ça. La femme avec qui tu fais des enfants ne sera pas celle avec laquelle tu finiras ta vie ! » Quelle idée ! Ça m'avait déconcerté, avec un rire nerveux, un de ces rires qui me donnent parfois encore envie de me mettre à poil et de hurler.

Je ne pourrais pas dire quand avait commencé la dispute, quel était son thème. C'était une dispute froide. J'avais envie qu'elle parte. Elle, que je parte. Personne ne partirait. Même isolé chacun dans une pièce de la maison, sentir la présence de l'autre serait encore de trop. Avoir sa matinée disponible, ne pas devoir aller au travail, devenait soudain un calvaire. J'avais envie de m'en plaindre.

Elle a dû quand même dire quelque chose comme : « Tu n'as qu'à aller au boulot ! Au moins, j'aurai la paix ! » Puis elle a répété, comme pour s'assurer que cette notion n'était pas un mirage, que cela était un horizon atteignable : « La paix, Samuel ! La paix ! Tu m'entends ! La paix ! Mince à la fin. »

À la fin je ne serai pas avec toi. C'est eux qui l'ont dit.

Je ne voulais rien faire pour elle, pour son plaisir, mais je ne pouvais pas non plus faire quelque chose selon mon désir.

Au bout de vingt minutes, elle serait passée près de moi et m'aurait adressé un regard de mépris qui serait venu alourdir le paquet de fautes qui se trouve au fond de ma boîte crânienne.

Je lui ai dit des choses pour lui faire mal. Mais elle n'avait pas mal. Elle n'avait jamais eu mal ou ne me le montrerait jamais, ce qui ne faisait aucune différence. Elle suivait sa ligne, son plan. Celui qui est plus ou moins ficelé chez chacun de nous dès la fin de la maternelle. Un plan minéral, inattaquable.

Ça avait plutôt bien commencé pourtant. Je lui avais beurré ses tartines. En fait, je le faisais chaque matin. C'est sans doute comme les vacances des instits, à force ça ne fait plus rien. Elle, de son côté, m'avait lu mon horoscope : « Les négociations vont être à l'honneur... Soyez dans la conciliation et tout se passera bien... Soyez un peu moins timide et réservé dans l'expression de vos sentiments. Vos proches, surtout votre conjoint, ont aussi besoin d'entendre que vous les aimez. » La pauvre, si elle savait à cet instant ce que j'avais au fond du tiroir-caisse à lui envoyer dans les oreilles. Timide ? Elle allait voir !

Vaine promesse... J'ai fini par partir plus tôt, en embarquant une poignée de gâteaux apéro, une pomme, et des yaourts que l'on boit comme des Mr. Freeze. Je suis monté dans ma bagnole. J'ai mangé n'importe comment, comme j'interdis à mes enfants de le faire. J'ai attendu sur un parking loin de tout. J'ai écouté la radio en me disant que ceux qui parlaient n'étaient que des gros cons. Puis j'ai roulé et j'ai fini par arriver au travail avec dix minutes d'avance, la gueule enfarinée, en faisant semblant de m'énerver auprès de la secrétaire. On n'allait quand même pas me reprocher d'être consciencieux.

Ce ne sont pas les disputes qui m'ont amené à tromper Amandine. Ce n'est pas parce qu'on est mal en couple qu'on trompe. Ce n'est pas non plus parce qu'on n'est pas satisfait qu'on trompe. Plus simplement, je crois : par opportunisme, par manque de volonté, un peu comme quand on retourne au placard chercher le paquet de gâteaux qu'on est pourtant déjà allé ranger deux fois.

J'étais à pied. J'allais tourner en haut de la rue.

Je pensais à ce que je dirais au vendeur une fois dans le magasin de bricolage : « J'ai pris ce modèle, c'était le haut de gamme, il est noté que la pile au lithium doit durer dix ans et c'est garanti ! Et là ça fait deux ans et demi et le signal pile faible se déclenche. C'est une pile scellée en plus ! » Je me faisais les répliques. Le vendeur me dirait que je n'avais pas fait l'entretien de l'appareil comme il se devait : dépoussiérage et test du système d'alarme une fois par semaine. J'avais trop vécu ces moments, ceux où le vendeur veut vous faire porter le chapeau. Je le prendrais de vitesse en lui disant, d'un air dérouté, que j'avais réalisé à la virgule près les consignes de la notice. C'était faux, et alors ! Ce n'était pas plus faux que ce que ce même vendeur racontait comme boniments toute la journée : « J'ai installé le même chez ma mère. Et il n'y a aucun problème. » « Ce modèle est vraiment ergonomique. J'en ai deux à la maison. » « C'est de la bonne came. » Merde, qui croyait ça ? Je pensais à cette alarme à incendie. Je n'avais jamais pensé une seule seconde au risque d'incendie dans ma maison avant que le marché et les lois autour de cette question s'imposent dans les médias.

J'ai arrêté de penser en voyant Julie qui était sur le trottoir devant sa maison. Sans m'en rendre compte, j'avais fait un détour dans les rues pour rentrer chez moi. Un détour par cette rue où quelques semaines plus tôt le couple de Parisiens avait emménagé. Depuis combien de temps faisais-je ça ? Julie m'a fait un signe de la main. J'ai marché à sa rencontre.

Nous avons échangé quelques mots puis elle m'a invité à entrer prendre un café.

Je l'ai suivie chez elle. Dans le couloir de l'entrée, avant même de sentir la chaleur du logement, elle a lancé : « Antoine n'est pas là. Il est à Paris pour sa journée de travail en présentiel. Il revient ce soir ou demain ! » Elle avait dit ça à la cantonade.

Son corps me barrait l'accès à la cuisine. Elle me disait, sans me le dire, que nous n'allions pas prendre de café. Je le comprenais soudain.

Elle s'est approchée de moi. Elle allait me faire pleurer du sexe bien avant qu'elle-même ne jouisse.

Je l'ai retournée violemment.

Elle a retiré ses habits plus rapidement que je n'aurais pu le faire. Sa peau était cabossée. Cela m'a excité plus encore. Je ne peux pas dire pourquoi. J'ai eu envie de lui dire que je l'aimais, car à cette seconde pile c'était peut-être vrai.

D'abord timoré, j'ai fini par donner de grands coups. Elle a bougé comme une invitation à en mettre plus, plus loin, plus fort, encore. Tout en martelant son cul, j'ai murmuré en moi-même des insultes. Des mots avilissants que je n'aurais pas pu lui dire parce que je les trouvais ridicules.

Elle s'est retournée. Son regard me disait de me retenir. La partie était jouée. J'ai éjaculé au ralenti. Elle a gémi. Du début à la fin, nous avions été elle et moi à contretemps. Elle semblait calme.

Après ça, nous n'avons pas pris le café. Elle est montée à l'étage. Je me suis senti mal à l'aise, un mal qui associe la mollesse de la bite à la lucidité.

Je me suis habillé avec vigilance. Je ne voulais rien oublier.

En sortant dans la rue, je suis redescendu par le centre du quartier où il y a un tabac presse. Les grands titres marquaient : « Mariage : l'horizon se dégage. » Il y a deux semaines de ça, j'avais vu au même endroit le titre suivant : « Vers trois années blanches pour les mariages. »

J'ai repensé à mon mariage. À tous ces gens qui s'amusaient pendant que j'angoissais du manque de spontanéité de la chose.

Lorsque je suis arrivé chez moi, je me suis masturbé. Une fois, deux fois, puis est venue l'heure de faire quelque chose, quelque chose que l'on ne peut pas annuler comme ça, sans devoir avancer de sérieux arguments. Alors, sans me laver les mains, puis finalement en revenant me les laver, j'ai couru à mes occupations du jour.

En fait, c'est une erreur de ma part. On trompe parfois par manque, parce qu'on nous néglige, parce qu'on voit en nous le trognon maigre et décharné de notre être. Cela nous fait honte, provoque une haine difficile à maîtriser, une haine toujours dévastatrice et ridicule.

Les idées n'ont pas vraiment d'importance. Elles changent. Les points de vue aussi. Mieux vaut faire semblant d'en avoir. Juste pour ce que ça sert. Le reste, ne pas s'en encombrer sinon c'est la ruine.

Après avoir écouté plusieurs hommes, je me suis rendu compte que dans mon entourage un nombre conséquent d'entre eux lavent leur culpabilité dans une sollicitude exagérée à l'égard de leur conjointe. La cocue soudain élue de toute une attention retrouvée. Ça devrait mettre la puce à l'oreille, mais quand quelqu'un est gentil avec nous on préfère se dire qu'il est juste gentil, qu'on le mérite. Des hommes m'ont dit ça, et ça doit arriver à des femmes aussi. Peut-être que c'est l'un des sentiments les plus humains qui soient. Je m'en voulais, j'étais coupable. Et au-delà de l'angoisse, ça devait me rassurer sur mon humanité. Quelqu'un m'avait dit un jour : « Tu souffres ? C'est que tu es vivant ! »

Attendant à la sortie de l'école, la maman d'Ivana, une enfant de la classe de ma fille, était disposée à discuter avec moi. Plus je la regardais, plus je trouvais qu'elle ressemblait à ma cousine Marilou. Un jour, je lui dirais le plus simplement possible, à titre seulement informatif : « Vous ressemblez à une de mes cousines, c'est incroyable ! » Ça faisait quand même quelques mois, peut-être une ou deux années, que nous nous croisions et que nous parlions parfois du quartier. Je lui ai proposé qu'on se tutoie. Elle a dit oui. Je lui ai dit que ce n'était pas évident pour moi, que j'avais le réflexe du travail, mais on ne peut pas vouvoyer tout le monde tout le temps. Finalement, je l'ai tutoyée. Et, pendant tout le reste de la conversation, elle a évité soigneusement le vouvoiement et le tutoiement au point que j'ai eu l'impression de jouer à ni oui ni non avec elle. À un moment, ma fille a eu envie d'aller aux toilettes. Nous sommes retournés dans l'école. Quand je suis revenu vers le banc, la mère d'Ivana m'a dit : « J'ai surveillé les cartables. On sait jamais ! » Là encore, elle a évité le tu et le vous. J'ai eu envie de lui dire que mon fils Jonas serait content si un voleur volait son sac, pour faire ses devoirs à sa place. Je n'ai rien dit, et j'ai pensé qu'il y a des gens qu'il faut toujours vouvoyer. Quand nous sommes partis du parc avec les enfants, sa langue a fourché, et elle a lâché un « vous ». J'ai eu le sentiment de m'être mis à poil devant cette femme en la tutoyant.

Ça avait surtout été très complexe pour moi de revenir à l'école, comme quand on est allé pisser derrière un bosquet et qu'on veut revenir discrètement sans éveiller les soupçons, mais en bien pire. J'avais observé autour de moi, sans voir ni Julie ni Antoine, aucun des deux n'était là. Les enfants avaient pourtant bien dû rentrer chez eux d'une quelconque manière.

Le soir, ça s'est bousculé dans ma tête. J'ai repensé à Julie, à son corps, à ma gêne, à mon départ de leur maison, à la suite surtout.

J'ai fini par envoyer un message à Isabelle pour lui dire que je ne voulais pas parler au téléphone. Elle a compris. J'avais besoin d'avouer à quelqu'un ce que j'avais fait et qui me semblait être, à cet instant, la pire chose au monde : tromper la mère de mes enfants. Elle m'a renvoyé un smiley gueule cassée, celui que je recevais quand elle se fâchait avec ses filles et qu'elle avait besoin de le dire à quelqu'un. Ça m'a réconforté.

La veille, en me couchant, j'avais vu l'emballage en carton dans la poubelle de la salle de bains. Alors le matin, avant le petit déjeuner, je lui ai dit : « Tu t'es fait une teinture ? C'est discret... » Elle m'a fait voir ses cheveux. Elle m'a demandé si c'était bien vrai qu'on ne voyait pas la différence avec avant. Je l'ai rassurée. C'était pourtant très orangé. Elle a dit que la dernière fois ça avait été vraiment trop noir : « On aurait dit Morticia de la famille Addams. » Cette fois elle avait choisi auburn.

Je me suis demandé si ce genre de sollicitude lavait la culpabilité de la tromperie. Pour deux de nos trois enfants, j'étais allé en cachette regarder dans la liste de ses prénoms préférés de naissance afin d'en mettre quelques-uns dans ma propre liste. À l'époque, ça l'avait rendue tellement heureuse. Était-ce ça aussi la sollicitude, la bonne sollicitude détergente, nettoyant comme il se doit les taches sales et revêches de la tromperie ?

En revenant de l'école ce matin-là, je l'ai aperçu sur mon chemin. J'ai ressenti un léger malaise, mais il était tellement souriant derrière ses lunettes de soleil que j'ai accepté de marcher un peu avec lui. Je lui ai demandé comment ça s'était passé à Paris, et Antoine, sans répondre directement, m'a proposé que nous prenions un peu le soleil sur un banc. Assis côte à côte, je me sentais en confiance, et à la fois pas tout à fait serein. Non que je me sente coupable vis-à-vis de lui. J'avais beau me dire que des explications de ce genre étaient dépassées, insuffisantes, une petite voix en moi clamait malgré tout que s'il avait bien baisé sa bonne femme, alors cette dernière n'aurait pas eu besoin d'aller se faire foutre par un autre bonhomme. Je pensais au préservatif, ou plutôt à son absence. Le fait qu'elle avait des enfants, qu'ils avaient des enfants, qu'ils formaient tous ensemble une famille, m'a rassuré. Bêtement. Comme si les maladies vénériennes ne causaient aucun tort aux mères et pères de famille bien sous tous rapports.

On a parlé des travaux dans le quartier et des vacances d'été, puis, après avoir posé ses coudes sur le dossier du banc, il a dit d'une voix calme : « J'étais là hier ! »

J'ai fait celui qui ne comprenait pas. Il a haussé le bras pour me dire d'arrêter, et, en agitant son téléphone portable, il a ajouté le plus naturellement du monde : « J'ai filmé ! »

Mes tempes me brûlaient. J'étais sidéré. Pris de panique, je me suis penché pour lui arracher son téléphone des mains. Il n'avait pas l'air plus costaud que moi, mais bien plus grand. Encore assis, il a éloigné son bras. Puis nous avons commencé à nous tenir par le col. Je l'ai poussé. Il m'exhortait à me calmer. Il m'a repoussé un peu plus fort, en me donnant un coup de pied dans le genou. J'avais mal. Je me suis rassis. Il a frotté sa veste en disant que c'était un comble, qu'en plus de baiser sa femme, j'essayais maintenant de lui casser la gueule et de lui prendre son téléphone.

Qu'est-ce que j'imaginais ? Prendre son portable et que tout serait fini ? Mais aujourd'hui, les vidéos se copient, se multiplient, s'envoient, se partagent. Que valait ce téléphone matériel contre l'immatérialité des données ? Rien.

Il a dit qu'il avait quelque chose à me proposer. Je réfléchissais à toute allure. Je n'avais pas vu le coup venir. Je n'avais jamais imaginé que ce couple puisse me tendre un tel piège.

Je ne voyais plus en cet homme qu'un maître chanteur. Je n'ai pas pu m'empêcher de lui dire tout ça. Il a répondu calmement : « Mais c'est toi qui es entré chez moi. Personne ne t'y a forcé. Tu as suivi Julie quand elle t'a proposé un café. » Il avait raison. C'est moi qui étais entré. Je l'ai regardé fixement. Il avait un visage rassurant, celui d'un parent en colère qui punit son enfant, mais qui lui laisse entrevoir qu'une rédemption est possible. Un parent qui se veut juste. Cet Antoine n'était peut-être pas pire que moi. Après tout, j'avais baisé sa femme. Et s'il ne l'avait jamais su, je me serais sans doute amusé de ça, en secret, comme de tout temps on s'est toujours foutu de la gueule des cocus, des cornards qui ne se doutent pas que dans leurs dos leurs femmes en prennent plein le derrière.

Après un silence, il m'a dit qu'il y avait une solution à notre différend. Il ne souhaitait pas garder cette vidéo, ni d'ailleurs la montrer à personne. Désormais, je lui devais quelque chose. Il voulait que je m'arrange pour le mettre en contact avec ma femme, il désirait la baiser à son tour. C'était la meilleure façon de rééquilibrer les choses. J'allais lui sauter au collet, alors avant que l'entretien ne vire de nouveau au pugilat il a lancé : « J'en veux pas de ta femme. Tu m'amènes quelqu'un et ce sera déjà bien. »

Je ne comprenais pas. Quelqu'un ? Il s'est agacé. « Ne te fais pas plus bête que tu ne l'es. Tu me présentes une femme, tu la fais venir chez moi, et on est quittes. » Je ne connaissais personne. Il m'a fait comprendre que c'était le cadet de ses soucis, et comme un père qui veut enseigner à son fils les conséquences de ses actes, il a ajouté : « Il fallait y penser avant. »

En se levant, il m'a frappé la cuisse : « Je ne te fixe pas de calendrier. Prends ton temps… Mais ne tarde pas trop quand même. » Alors j'ai répondu de façon grotesque, comme dans une mauvaise série policière : « Qu'est-ce qui me garantit que tu effaceras la vidéo ? » Il a pris un air sentencieux : « Rien ! » J'étais estomaqué. Puis il a ajouté : « Si tu sautes encore ma femme, en effet, je devrai de nouveau te demander quelque chose. Sinon non. » Je n'ai rien répliqué. J'étais bloqué entre le fait d'essayer de l'amadouer, d'attirer sa sympathie, ou au contraire de le réduire en miettes.

Je l'ai regardé s'éloigner. J'avais envie de le tuer. Tous les moyens de l'exterminer me passèrent par la tête. Je pensais à ces vidéos atroces sur le Net, massacre de cartel d'Amérique du Sud, où le supplicié se fait couper une de ses jambes à la tronçonneuse avant que ses bourreaux ne le battent à mort avec sa propre jambe coupée.

Antoine s'est retourné : « Viens, si tu veux, on peut faire la route ensemble. On en profitera pour faire un peu plus connaissance. »

Il essayait d'être sympathique, comme si rien de tout ça n'était à prendre au sérieux, comme ces participants de téléréalités d'aventure qui se font les pires crasses et qui finissent par dire : « Ce n'est qu'un jeu, d'accord ! Rien de personnel là-dedans… »

Il a compris que je ne le rejoindrais pas. Il m'a alors fait un signe de la main, puis il a refermé tous ses doigts en ne laissant que son pouce comme pour m'encourager à m'atteler à la tâche qui m'attendait.

Lorsqu'il a complètement disparu, j'ai pleuré. J'ai essayé de faire sortir les larmes, mais elles s'écrasaient dans les coins de mes yeux. Elles éclataient comme des gouttes de pluie s'échouent sur un pare-brise.

« Je n'ai pas pensé à te prévenir que le sol serait sûrement mouillé... » Contrarié, Pierre regardait ses chaussures en toile. Je lui ai proposé de faire la balade à l'envers, comme ça nous garderions la partie boueuse pour la fin. Il se salirait, mais en douceur. « L'avantage, ai-je dit, c'est qu'il devrait y avoir moins de monde à se promener. La pluie, tu sais... » Il a souri : « Oui, il faut être con pour se promener sous la pluie. » Pause : « Con, ou alors très intelligent. » Je ne sais pas vraiment pourquoi, mais il travaillait chaque phrase comme s'il lui avait été demandé qu'elle soit déclamée devant un amphi bondé d'étudiants. Nous avons marché d'un bon pas. Ma chienne Nouba piquait des sprints avant de revenir vers nous pour repartir aussi vite sans que cela ait le moindre sens. Elle s'amusait.

En faisant la balade dans ce sens, on apercevait distinctement les différentes étapes du parcours de santé. Pendant une année, durant mon enfance, j'étais allé faire un de ces parcours avec ma mère, dans une région que j'ai tellement oubliée que j'en aurais presque l'impression parfois qu'elle n'existe plus du tout. Ça m'a rappelé ça.

J'ai questionné Pierre au sujet de son travail universitaire. « J'avance bien. J'ai trouvé un bon rythme, et mes cours avec les étudiants me permettent de vraiment approfondir des questions qui m'aident pour ma problématique. » Je l'écoutais et me disais qu'il était au summum de son enthousiasme. Il ne se serait pas trop emballé, des fois que cela lui porte la poisse. Il était largement superstitieux, et complexé de l'être. Il ne voulait pas plus me parler du long texte de philosophie qu'il étudiait, long texte que j'avais pourtant lu et annoté par le passé. La thèse me faisait penser au tennis, en tant qu'initié on regimbait toujours à un duel avec un parfait débutant, car indéniablement cela nous rabaissait et nous donnait une mauvaise image de nous-même. Dans le domaine de la pensée éthérée, je ne pouvais pas renvoyer la balle. C'était comme ça.

J'avais envie de lui parler de mon problème, de cracher le morceau concernant les Parisiens. Je crois même que je lui avais proposé cette balade dans ce seul but, mais aucun mot ne sortait.

Nous avons parlé de la pêche, des bars qui allaient bientôt rouvrir. Normalement. Nous faisions des projets. Il me disait comme il me le disait depuis de nombreuses années déjà : « Là, j'ai encore deux semaines et demie trois semaines à bosser à fond, et ensuite je pourrai prendre un peu de temps pour la pêche. » À force, ce manque de spontanéité, cet agenda amical à devoir gérer et planifier sur des semaines, voire des mois, m'avait déprimé. J'acceptais de rentrer dans la mascarade, de lui faire croire, de nous faire croire que nous passerions du temps ensemble. Plus tard. C'était pourtant ce que nous faisions en cet instant. Mais pour des raisons différentes, nous nous impatientons. Il pensait à sa thèse qui lui manquait démesurément. Moi, je pensais à Antoine, et à son ultimatum. J'imaginais Amandine apprendre ma faute. Les enfants... En marchant à côté de Pierre, je revoyais ce film que j'avais vu mille fois petit, dans lequel Philippe Caubère, jouant le père de Marcel Pagnol, dit à l'oncle Jules : « Qu'est-ce qu'on est faible quand on est dans son tort... » Gamin, j'avais voulu vivre dans les films de Pagnol. Ça avait été mes refuges. Plus tard, dans je ne sais quelle émission culturelle, j'ai appris que Philippe Caubère, l'acteur qui joue le père de Marcel, était en fait dans la réalité un libertin convaincu et ostentatoire. Je prenais de plein fouet que l'histoire c'est toujours des histoires, et que même lorsqu'ils incarnent à merveille leur rôle les acteurs jouent.

J'étais dans mon tort et ça ne m'empêchait pourtant pas de continuer à me branler sur les souvenirs de mon ébat unique avec Julie. Sans doute que ça venait taper dans le même réseau de neurones qui force les femmes violées et abusées à rejouer la scène de leur viol avec d'autres hommes avant de finir par comprendre que cela ne leur fait pas du bien et qu'il faut s'en détacher, car elles n'en sont pas à l'origine. Je n'arrivais pourtant pas à me détacher du souvenir des fesses blêmes de Julie.

Pour passer à autre chose, j'ai proposé à Pierre de lui montrer les arbres du bois à la silhouette atypique. Avec le temps, j'avais fini par en totaliser une demi-douzaine que j'avais joyeusement photographiée avec mon téléphone portable. Je ne désespérais pas d'augmenter ma collection. Nous avions déjà dû en rater sur le bord du chemin, mais en me concentrant sur les localisations j'ai réussi à lui montrer l'arbre rhinocéros, l'arbre pas content, l'arbre gorgone et enfin l'arbre pubis de femme.

Nous étions encore en train de l'admirer lorsque deux joggeuses avec des chasubles fluo de leur club de course à pied nous ont doublés. Une des deux lançait à l'autre : « Tu vois, au moment où on sera ensemble il dira que c'est bien, qu'il est content, qu'il passe un bon moment... Mais n'empêche que ce sera jamais lui qui sera à l'initiative ! » L'autre a répondu avec enthousiasme et des hochements de tête impliqués. Elle voyait très bien. Moi aussi je voyais très bien.

J'ai pensé à Maxence, un camarade de classe de quatrième. Ensemble, nous avions volé les cahiers d'appel et de devoirs de la classe. Lors d'un temps de pause, nous étions allés les jeter dans la piscine couverte enterrée dans le sous-sol du collège. Nous avions ensuite baissé nos pantalons et pissé sur les cahiers qui voguaient très paisiblement dans ce petit bassin ridicule. Je me demandais si c'était ce genre d'acte de l'adolescence qui poussait plus tard à l'adultère ? Je ne sais pour quelle raison, il n'y avait eu aucune enquête pour trouver les responsables de la destruction des cahiers. Aucun CPE, aucun pion, aucun prof principal n'avait tenté de mettre la pression au groupe pour que quelque chose en sorte. Il n'y a eu aucun mot qui a précédé cet acte et aucun ensuite. Nous n'avions pas prévu de jeter ces cahiers et, en conséquence, nous n'en avons pas reparlé. Même si j'avais pris beaucoup de plaisir à détruire, je considérais que j'avais suivi. Mais qu'on suive ou pas n'enlevait rien à la responsabilité. Personne ne m'avait aidé à sortir mon bazar pour pisser sur les cahiers, et personne ne m'avait non plus aidé à sortir mon bazar pour m'embourber en Julie. La boue. La boue...

Je me demandais si à l'âge de nos enfants Antoine et moi aurions pu être copains.

Je me demandais quels genres d'actes dans l'enfance pouvaient laisser présager des comportements adultes comme ceux qu'Antoine avait avec moi.

J'avais couché avec sa femme. Il me faisait du chantage. Je me sentais moins coupable que lui. À d'autres moments, c'était l'inverse.

Je continuais à marcher en silence avec Pierre. Il y a eu une intersection et, sans en discuter, nos corps ont pris le sentier de la plus petite boucle de la balade. Pierre avait les chaussures largement recouvertes de boue. La boue a quand même quelque chose de rassurant dans l'âme. Ça glisse, mais c'est toujours une bonne base.

À la vue de la voiture, Pierre a retrouvé son regard inquiet et tracassé. Je lui ai proposé de passer à la maison :

« On pourra nettoyer tes chaussures. Amandine a des éponges spéciales pour ça. Avec les enfants, on est obligés.

– Je te remercie, mec, mais va falloir que je me remette au boulot. Une autre fois. »

Nous sommes rentrés en nous faisant la promesse de nous revoir bientôt.

La matinée finie, assis sur un banc en périphérie du square, j'attendais Isabelle. Il était midi passé de quelques minutes. Depuis quelque temps, je prenais mes pauses à heures fixes. Je m'étais aperçu qu'insidieusement cela faisait des années que je donnais quarante-cinq minutes de ma pause méridienne à mon employeur pour effectuer de petites tâches de travail que je culpabilisais de ne pas arriver à accomplir sur le temps qui m'était imparti durant le reste de la journée.

Je prenais l'air sans rien faire. Deux jeunes grands-mères qui promenaient leurs chiens sont passées à ma hauteur. L'une d'elles expliquait à l'autre : « Ma Lili aussi mange des crottes. Mais apparemment, c'est des choses qu'ils n'ont pas dans leur alimentation... Enfin, qu'ils disent... » J'imaginais que le « qu'ils disent » renvoyait au vétérinaire que la vieille avait interrogé. Je voyais ces deux vieilles femmes, avec leurs chiens tranquilles, trouvant des explications même aux choses les plus dégueulasses.

Isabelle est apparue. Elle tenait des boutons d'or dans la main qu'elle avait cueillis à l'entrée du square. Elle est arrivée à ma hauteur : « T'aimes le beurre ? » Elle m'a invité à basculer la tête en arrière et à me prêter à ce jeu que j'avais oublié, enseveli sous des couches de vie adulte.

En début de matinée, Isabelle avait proposé que nous allions tous les deux déjeuner dehors, prétextant devant les autres que ce serait trop bête de ne pas profiter du beau temps. Une fois seuls, elle m'a avoué la vraie raison de sa proposition : « Je ne peux plus voir Héloïse en peinture ! Je te jure, Samuel, au bureau je joue à loup glacé pour ne pas la croiser dans les couloirs. Ça m'est déjà arrivé de me retenir d'aller aux toilettes pour ne pas tomber sur elle. Et comme le jeudi on a notre pause pile en même temps… J'ai pensé… Allons prendre l'air ! Il fait beau. » Elle aurait pu manger dans son bureau les jeudis, mais elle m'a expliqué qu'elle avait peur de passer pour une sauvage et en plus elle ne supportait pas l'odeur de nourriture qui restait toute l'après-midi. Quand on accueille du public, ce n'est pas l'idéal.

Le confinement et le fait de ne plus voir Héloïse lui avaient fait un bien fou. Du fait que la vie repartait à peu près normalement, elle ne supportait plus l'idée de la voir de nouveau chaque jeudi midi. « Au collège à chaque fin d'année, les classes changent. Avec les parents, on se dit qu'un jour on partira. Mais avec les collègues… Moi ça fait dix ans que je travaille avec Héloïse. Dix ans ! Et ça pourrait aller jusqu'à la fin comme ça. Crois-moi qu'elle n'est pas près de changer de poste. Et puis elle est mauvaise… Un jour, il faudra que je me rende à l'évidence. C'est la plus gênée qui part et je partirai. »

Probablement parce qu'on se connaît bien. Aussi parce qu'il y a des gens avec lesquels on se permet d'être plus volontiers impudique. Isabelle a tout de suite vu qu'il y avait quelque chose qui clochait là-haut. Ça tournait dans ma boîte à gâteaux, comme elle disait parfois. J'étais tracassé, ça sautait aux yeux. Elle devait se dire qu'elle m'écouterait un peu entre deux bouchées de sandwich, qu'elle me donnerait quelques conseils, comme les amis le font, et enfin, quand l'heure viendrait de retourner au travail, je la gratifierais d'un sourire de remerciement, vrai ou faux, qu'importe.

Je sentais qu'il y avait méprise. Elle pensait sans doute que je m'étais disputé avec Amandine, que je grossissais dans ma tête un problème mineur comme les humains savent le faire. Peut-être était-ce vrai... Puis je repensais à mes enfants et je me disais que non ce n'était pas vrai. C'était tout sauf vrai. Ce qui m'arrivait était grave. J'étais tombé dans un traquenard, un piège, et rien ne me disait que j'allais en sortir.

Je lui ai proposé de marcher. J'avais envie que mes paroles ne soient rattachées à aucun lieu. Nous parlerions en marchant, et ma faiblesse, ses réactions, ne seraient rattachées à aucun lieu. Je finirais par oublier là où je lui avais raconté tout ça.

J'ai tout dit d'une traite. Elle ne m'a quasi pas interrompu. J'ai évité de la regarder, j'avais peur de sa réaction. Réagirait-elle comme une amie ? Comme une mère ? Comme une sœur ? Comme une femme ? Comme ma femme ?

Quand j'ai arrêté de parler, elle a semblé à la fois affectée et pas surprise. Elle m'avait toujours donné ce sentiment d'être une personne mystérieuse. Le genre de personne que vous connaissez depuis des années et qui, un jour par hasard, avec quelqu'un au téléphone, se met à discuter en espagnol avec un accent colombien, en vous apprenant au détour qu'elle a vécu là-bas de nombreuses années, mais qu'il n'y a pas que de bons souvenirs donc autant ne pas en parler.

Je lui avais tout révélé. Je voudrais croire que c'était avec innocence, uniquement pour partager mon fardeau, mais, maintenant que j'y réfléchis, j'avais attendu dès le départ plus qu'une simple écoute de sa part. J'avais fauté et j'attendais qu'elle me tire de là.

Nous sommes arrivés au point de départ de notre balade. Il nous restait un quart d'heure, et nous n'avions pas mangé. « Ce n'est pas grave, a-t-elle dit, j'avais besoin de perdre un peu de poids. » J'avais le ventre qui me meurtrissait et elle n'avait objectivement pas un kilo en trop. Il y avait désormais des silences dans la discussion.

Elle ne m'a pas dit qu'Amandine s'en remettrait, qu'après tout, je n'avais qu'à lui avouer mon erreur, que ça permettrait peut-être à notre couple de repartir différemment. Elle n'a pas dit ça. Elle savait que ce n'était pas vrai. Je savais que pour Isabelle avouer sa culpabilité n'était pas un courage. C'était la lâcheté de ceux qui ne sont pas assez forts pour porter leur faute. Quant au chantage... « Rien ne te garantit qu'il tienne parole. Ça a l'air d'être un drôle de type. D'ailleurs, la vidéo... c'est peut-être du bluff ! » Personnellement, elle pensait qu'il ne fallait jamais accepter les chantages. Prendre le risque qu'Amandine apprenne tout serait un moindre mal en comparaison de la réaction en chaîne et de l'engrenage qui s'ensuivrait si j'acceptais de traiter avec ce type.

Nous marchions au pas, comme si nous suivions une procession funéraire imaginaire. Arrivés devant l'immeuble, Isabelle a craché qu'elle voulait bien le faire pour moi. J'ai eu l'air surpris, et maintenant que j'y repense, je me rends compte à quel point j'étais hypocrite. C'était exactement ce que j'avais espéré qu'elle me dise. Elle le ferait. Ce ne serait pas la première fois qu'elle se forcerait dans sa vie de femme. Il n'y aurait pas de grande différence avec ce qu'elle avait déjà vécu par le passé. Voilà ce qu'elle disait pour banaliser la chose. Je l'écoutais avec honte, comme un enfant gâté qui en espère davantage. Les questions fusaient dans ma tête. Peut-être qu'Antoine la trouverait trop vieille. J'avais imaginé qu'Isabelle demanderait à une amie, à une connaissance à elle, plus jeune. Je ne sais pas. Elle était en train de me dire qu'elle allait faire quelque chose d'insensé pour moi, et je trouvais encore à redire dans ma tête. J'étais un enfant gâté plein d'ingratitude. Je lui ai adressé un sourire de soulagement.

Je ne savais pas ce que ce type allait lui faire. Elle non plus. Nous n'en avons pas plus parlé.

« Ça devient une habitude de nous retrouver sur ce banc en plein milieu de la journée. » Antoine était à l'aise.

Je n'ai rien répondu. Sans plus de manières, il m'a dit que nous étions quittes. Je tremblais d'envie de lui demander quelque chose. Mais je ne disais rien.

J'avais regardé des vidéos sur YouTube de coachs qui vous expliquent de manière très ludique comment gagner les rapports de force dans le domaine verbal et non verbal. Que fallait-il dire à tel ou tel moment ? Inverser le rapport de domination. Envoyer : « Si tu t'étais rendu compte à quel point ce que tu viens de dire est ridicule, tu ne l'aurais jamais dit. »

Rien ne venait car Antoine n'exprimait rien. Rien de prévisible. Je n'avais aucun sens du timing. Mon cerveau se concentrait et je n'arrivais qu'à regarder la scène que je vivais comme un documentaire.

Il a dû sentir que j'étais dans la lune, alors il a sorti son téléphone et, devant moi, il a fait la manip qui a consisté à effacer la vidéo de moi et sa femme. « C'est bon, plus d'inquiétudes ? » Il essayait de me rassurer, me répétait qu'on était quittes. J'avais rempli ma part du marché, il ne m'embêterait plus avec ce qui s'était passé. Comme si ce n'était pas suffisant pour mon intellect, il a brandi de nouveau son téléphone en le secouant et en me répétant que nous étions quittes.

Je pensais à Isabelle. Elle ne m'avait pas appelé. J'avais envie de lui demander à lui, mais que ça se soit bien passé ou mal passé, qu'importait. Toute cette histoire se passait mal. Je ne voulais plus voir ce type.

Antoine restait imperturbable. Il profitait du soleil et de cet instant pour divaguer et parler des différents projets qu'il avait eus par le passé et qu'il avait pour l'avenir. Il n'excluait pas l'idée que nous puissions devenir, si ce n'est des amis, du moins des copains. Je l'écoutais sans l'écouter, avec l'irrésistible envie de téléphoner à Isabelle. Je m'imaginais la discussion. Isabelle dirait : « Rien de bien terrible ! Ça a pris dix minutes. Malgré l'impression qu'il m'a faite, il a été plutôt courtois. Il n'a rien cherché de plus. »

Je n'ai pas osé appeler Isabelle.

À un moment, les divagations d'Antoine m'ont sorti de ma rêverie. Il s'imaginait en chef d'entreprise, grâce à un concept génial qu'il acceptait de me dévoiler. Dans ce qui m'est apparu rétrospectivement comme un délire, il m'a expliqué avec force détails comment il comptait monter un business de fromage au lait de femme. Il suffirait de convaincre les nouvelles mamans de vendre leur lait, ça ne serait pas un souci de le leur acheter à prix d'or. Les fromages, en conséquence, ne seraient pas moins chers. Il ne s'agissait pas de faire de la Vache qui rit. Non. Il imaginait confectionner avec le lait de femme un fromage de standing. Il avait déjà pensé au logo. Ça attirerait forcément une clientèle. Puis, l'affaire restant symbolique, s'il fallait compléter avec du lait de vache, ça ne lui poserait pas de problème. Il avait appris que c'était exactement ce que les marchands de glace faisaient : 5 % de chocolat équitable, et les 95 % restant provenaient des filières classiques. Ensuite, les mêmes marchands apposaient le logo chocolat commerce équitable sur l'intégralité des pots de glace. Il m'a demandé ce que je pensais de son idée géniale, et avant même que je réponde, il m'a mis en garde de ne pas lui voler son concept.

Je me suis vu lui demander si je pouvais m'en aller. Je n'avais pas du tout inversé le rapport de domination quel qu'il soit. J'avais encore l'impression de pouvoir commettre un faux pas, que nous pourrions, selon sa propre expression, ne plus être quittes !

Finalement, c'est lui qui a pris congé de moi, en me donnant une petite tape sur la cuisse. Cela m'a électrisé le corps.

Aujourd'hui, même si ce n'est pas agréable, je vais raconter cette histoire jusqu'au bout.

« Tu n'étais pas au courant ! » s'est étonnée Muriel. Elle qui avait toujours présenté une certaine délicatesse et une empathie indéniable dans sa façon d'être, semblait, derrière son attitude paniquée, prendre un certain plaisir. Elle savait quelque chose d'important, de grave, et elle allait me l'apprendre.

Isabelle était morte. Cataclysme. Isabelle était morte. Elle ne venait pas de mourir, non, elle était morte. Terminé. Il n'y avait plus rien à faire.

Je l'apprenais là, sur mon lieu de travail, de la bouche d'une collègue insignifiante, bien que très gentille. J'avais envie de balancer les deux dossiers que je tenais sous le bras.

Muriel roulait de grands yeux. Elle a dit à un autre collègue que je n'étais pas au courant. Après la nouvelle de la mort d'Isabelle, deuxième nouvelle du jour : Samuel, qui était cul et chemise avec Isabelle, copain comme cochon, le Samuel du bout du couloir, n'était pas au courant.

Fou de rage, je me rendais compte que ce n'était pas la mort d'Isabelle qui me faisait mal, mais Muriel. La bonne Muriel qui me l'annonçait l'air désolée, elle, toujours prête à ramasser les morceaux de verre. Je comprenais pourquoi, à travers le temps, il arrivait souvent que le message se confonde avec le messager.

Je n'ai pas eu l'opportunité de poser la moindre question qu'on m'apprenait qu'Isabelle s'était suicidée. Pourtant, les gens tournent souvent autour du pot, et on finit par suspecter le suicide de quelqu'un à défaut de pourquoi. L'absence d'explications nous oriente vers une raison toute trouvée : le suicide.

Isabelle s'était suicidée alors que ses filles étaient chez leur père. On ne savait pas exactement comment, mais déjà les hypothèses fusaient.

Je regardais ce tas de merde humaine qui pérorait dans le couloir. J'avais l'effet visuel d'une fourmilière dans laquelle on vient de shooter. Aucune décence, ils avaient l'impression que s'ils trouvaient comment Isabelle s'était tuée alors il serait encore possible de la sauver.

Dans quelques minutes, un chef passerait comme les policiers ou les gendarmes savent le faire. Au ralenti. Sans rien dire, il regarderait lentement. Le tas de viande se répartirait dans les différents bureaux, un café froid entre les mains, et le cerveau tout émoustillé d'une idée fraîche, neuve et sensationnelle.

À midi, à la pause, ils parleraient déjà de l'enterrement, de la gerbe de fleurs. En fin de journée, une cagnotte dans une vieille boîte à palets bretons circulerait. Bien avant qu'Isabelle soit enterrée, ils l'auraient déjà tous éloignée d'eux.

C'était dégoûtant de les voir commencer leur deuil à vitesse grand V. Il y avait déjà de l'imparfait de l'indicatif dans leurs phrases. Personne ne se demandait pourquoi. Les gens devaient sans doute considérer que de nos jours on avait tous mille raisons d'en finir avec soi-même.

Moi par contre, là, avec mes deux dossiers, je me torturais de pourquoi. J'ai demandé à une responsable qui n'était pas la mienne si je pouvais prendre ma journée. J'avais un compte d'heures largement en positif, et rien d'urgent à traiter dans la seconde. Elle a regardé la secrétaire qui semblait lui chuchoter : « C'est lui. » Oui, c'était moi. Le Samuel du bout du couloir, plus qu'un collègue pour Isabelle, un ami.

Après un temps de réflexion, la responsable a accepté, tout en réfléchissant aux possibilités de potentialiser au mieux ce cadeau qu'elle me faisait. Je lui en revaudrais une, c'était sûr, et c'était exactement ce que ces quelques secondes indiquaient. En partant, sans patienter une minute de plus, je me constituais débiteur d'une faveur. Un jour futur, lors d'une réunion où elle serait en difficulté, il faudrait que je vienne à son secours. Ça n'arriverait peut-être jamais, mais si ça arrivait et que je venais à défaillir alors elle me fusillerait du regard, ce serait une trahison, une dette non honorée.

Je suis sorti du bâtiment en oubliant ma veste. Aucune envie d'y retourner. Je ne voulais plus voir personne. Être un bout d'Isabelle auprès des collègues me répugnait. J'ai pensé aller chez elle. Peut-être y avait-il là-bas ses deux filles et son ex-mari, mais je les connaissais à peine... En fait, Isabelle et moi nous voyions majoritairement quand ses filles étaient chez leur père ou quand elles avaient claqué la porte laissant leur mère seule et folle de rage.

Soudainement, je me rendais compte que sa mort me coupait d'elle, sans possibilité de me lier à des gens qui l'avaient bien connue. Je repensais à Muriel. Elle aurait dû crever, étouffée par sa gentillesse. Elle, mais pas Isabelle.

J'ai erré en ville. Par hasard, j'ai croisé ma femme. Elle ne m'a pas demandé ce que je faisais ici. Une espèce de manque de curiosité qui aurait pu passer pour un manque d'intérêt, et qui l'était peut-être. Sûrement que si j'étais là, c'est que je devais avoir une raison. On ne quittait pas son travail comme ça. Avant de s'éloigner, elle m'a fait savoir que le professeur de basket de notre fils était cas contact et qu'il n'y aurait pas de cours ce soir. J'ai pris l'information, mais j'avais complètement oublié que c'était normalement à moi de l'emmener ce soir. Je n'ai pas parlé d'Isabelle. Pas là. Et d'ailleurs que dire ? Je ne savais quasi rien.

J'ai beaucoup marché et j'ai fini par me trouver à une centaine de mètres de chez Pierre. J'ai sonné sans prévenir. Il travaillait sa thèse, cependant il m'a laissé entrer. Il n'avait pas beaucoup de temps, mais ça ne tombait quand même pas trop mal. Il avait besoin de faire une pause.

J'ai dégueulé toute l'histoire. Il n'y a pas d'autre mot. Je lui ai raconté ma rencontre avec les Parisiens, le traquenard dans lequel j'étais tombé, le soutien d'Isabelle, et point d'orgue, son suicide. Je parlais sans m'arrêter. Je disais des mots à la place d'autres et Pierre ne devait pas tout comprendre. J'ai terminé de tout lui dégoiser, au moment où il enfonçait le piston de la cafetière.

Il voulait des précisions. Il se perdait dans les liens que je faisais entre tous ces épisodes. Ce qui était limpide pour moi lui paraissait un peu obscur. J'ai tenté de lui réexpliquer, et j'ai compris la source de mon mal. Dans ma tête, ça ne faisait aucun doute qu'Isabelle s'était suicidée à cause de ce qui s'était passé avec le couple de Parisiens.

Pierre trouvait cette supposition bien hasardeuse. Je repensais à ce livre, *Les Quatre Accords toltèques*, que j'avais fini par lire à force qu'on m'en rebatte les oreilles. Le troisième des quatre accords se résumait en une phrase, un mantra : *Ne faites pas de suppositions*. Ne pas faire de suppositions ! Quelle connerie ! Bien sûr qu'il fallait faire des suppositions ! Plus que ça même ! Ce sont des affirmations qu'il fallait faire. Il n'y avait pas de doute à avoir. Il y avait un lien. Même si tout n'était pas rose dans la vie d'Isabelle, son aide avait été le point de bascule de la situation. Ça l'avait fait tomber du mauvais côté.

« Tu ne vas pas retourner voir ce gars ! » Pierre me parlait désormais comme un parent. J'allais me ridiculiser, me faire du mal, prendre un risque inutile. Pierre en était sûr, ce n'était pas un coup de quéquette qui avait fait que mon amie se soit suicidée.

Je pensais à tout autre chose. Antoine l'avait peut-être humiliée, peut-être l'avait-il, elle aussi, coincée dans un piège et avait-il tenté de la faire chanter? Je n'étais pas assez tordu de là-haut pour m'imaginer quel plan sordide il avait pu lui tendre. Ce type était quand même resté tapi dans l'ombre, dans le fond d'une pièce, d'où il m'avait scruté comme un prédateur.

Pierre avait donné son point de vue avec les mots. Il me le donnait désormais avec les yeux. Son regard me disait que je n'allais pas bien du tout, que je faisais trop de liens et que ces liens étaient trop évidents et nets pour que cela ne me rende pas fou. Il fallait que je me méfie des raccourcis que je faisais.

Pourquoi étais-je venu lui raconter tout ça à lui? Peut-être que dans cette ville, avec le temps, je n'avais que lui et Isabelle.

Il m'a proposé de rester plus longtemps. Je n'en avais pas la moindre intention. Il fallait que je clôture cette discussion. Je voulais qu'il sente que son aide d'ami m'avait été d'un grand secours. Je lui ai dit qu'il avait peut-être raison, alors même que ce peut-être je ne le pensais pas un seul instant. Il m'écorchait la bouche.

Je savais très bien qu'en sortant de chez lui, je remontrais la ville et irais là où j'aurais dû me rendre directement.

J'ai appuyé sur la sonnette. Antoine a ouvert la porte. Je suis entré.

Quand je repense à toute cette histoire, je me dis que c'est exactement à ce moment que tout s'est joué. Sur un simple fait de base, celui d'occuper le territoire, d'entrer alors même que je n'y avais pas été invité. Antoine était très tranquille. Il y avait un ordinateur ouvert sur la table, un second allumé un peu plus loin. En le voyant, j'ai pensé que cet ordinateur plus vieux et moins bien installé était en quelque sorte le cahier de brouillon. Là où l'on effectue ce qui ne se garde pas, mais qui est néanmoins indispensable pour arriver à la finalité du travail.

Julie était là, elle aussi. Son temps partiel lui permettait probablement de profiter de quelques demi-journées. Elle m'a dit bonjour le plus naturellement du monde. Je n'ai rien pu répondre. J'ai simplement levé la main pour lui faire un petit signe. Il fallait que j'obtienne ce que j'étais venu chercher. Ils me regardaient assez sûrs d'eux. J'avais l'impression d'être devant mes parents, comme on peut se trouver devant ses parents lorsqu'on est adolescent, que l'on dit que l'on va partir et qu'ils répondent que nous n'avons qu'à le faire. Les chaînes sont pourtant là, dont les grincements sont des larmes, des sanglots, des pardons étouffés.

J'avais envie de m'excuser, de les tuer, de leur crier dessus, de les faire réagir. J'ai annoncé qu'Isabelle, la femme que je leur avais « présentée », s'était suicidée. J'attendais désormais qu'ils me disent quelque chose, qu'ils m'expliquent pourquoi.

Antoine se tenait le menton, son autre main était posée sur sa hanche. Son corps disait qu'il y avait erreur sur la personne, qu'il ne voyait pas de quoi j'étais en train de parler. J'ai répété calmement qu'Isabelle était morte, qu'elle s'était suicidée, et maintenant je voulais savoir ce qui s'était passé sous ce toit ou ailleurs entre eux et elle.

C'est Julie la première qui m'a demandé gentiment de ne pas m'énerver. C'est pourtant ce qui énerve le plus quelqu'un, de s'entendre dire qu'il ne doit pas s'énerver. Tout le monde le sait, mais tout le monde le dit. À croire que ce qui est valable pour soi n'est pas valable pour les autres. Je n'ai pas cessé de m'énerver au contraire. Je me réjouissais de les déstabiliser.

Inverser le rapport de domination.

Je devais dégager quelque chose de déterminé, car au pic de mon énervement j'ai eu le sentiment qu'ils étaient comme deux personnages insignifiants au centre d'une boule à neige que je tenais dans la main.

Antoine s'est assis. Il cherchait ou faisait semblant de chercher dans sa mémoire, comme si je lui avais simplement demandé de se rappeler où il avait posé les clefs de la bagnole. Je lui vociférais dessus.

Il a fini par se relever de sa chaise et se fâcher lui aussi. « Moi aussi je peux crier ! » Il m'a lancé à la figure qu'il ne me dirait rien, qu'il n'avait rien à me faire savoir, que nous étions quittes, que nous avions fait un marché et que c'était fini. Point.

Il m'a poussé vers la porte d'entrée. Je résistais. Il a demandé de l'aide à Julie. Elle n'a pas bougé. Il m'a secoué de plus en plus fort.

Une nouvelle fois, nous nous battions comme des enfants qui ne veulent pas se battre pour de vrai.

J'en ai eu marre. J'ai pensé à Isabelle. Elle aussi en avait eu marre. Mais je ne retournerais pas la violence contre moi.

J'ai fait face à Antoine et je l'ai frappé. Il n'a pas été surpris. Je me suis demandé à combien de reprises dans sa vie il avait pu vivre une telle scène avec d'autres hommes, d'autres femmes. Je lui mettais des coups. Il me repoussait, me donnait d'autres coups, mais ce n'était pour moi qu'une façon de gagner du temps, de m'extirper de ses griffes pour trouver un objet, n'importe lequel, et passer à la vitesse supérieure. Je voyais cependant dans son regard qu'il ne le savait pas encore.

La panière à pain, placée sur le bar qui délimitait la cuisine de la salle à manger, contenait un couteau que j'ai pu attraper. Pour l'étourdir, j'ai tapé comme on tape du poing sur la table, et je lui ai enfilé le couteau dans le corps. J'avais toujours trouvé les couteaux à pain inoffensifs, mais à cet instant, dans cet ici et maintenant tant chéri, je l'aurais tué avec un coupe-ongles si ça avait été nécessaire.

Le premier coup a porté un peu bas sur le corps, mais le deuxième coup de couteau est ressorti avec du sang plein de petites bulles. Je savais que j'avais touché un poumon. J'ai essayé d'enfoncer une troisième fois la lame, mais je l'ai arrêtée à la moitié de son trajet. Je lui ai fait faire un quart de tour et je l'ai retirée.

J'avais réussi dans le feu de l'action à me sectionner tout le flanc de l'index de la main gauche. Je regardais mon doigt pendouiller sans comprendre comment j'avais pu être aussi maladroit. Ça m'a rappelé les vendanges dans ma région natale, où, pendant la première journée, je m'étais entaillé à plusieurs reprises avec le sécateur car je tenais mal les grappes de raisin. Un baba cool m'avait donné quelques feuilles de papier à cigarettes et m'avait dit que c'étaient d'excellents pansements. J'ai regardé autour de moi. Il y avait une cigarette électronique sur le bar qui trônait le cul en l'air en attendant de se faire pomper. J'ai regardé mon doigt, j'ai hésité à l'arracher complètement.

Julie était face à moi. Elle regardait très émue. Au sol, son mari haletait, et, sans être expert, je le sentais tout de même très mal en point.

Julie m'a fixé puis elle a souri. J'étais terrorisé. Je me suis aperçu que j'avais fait tout ça pour moi, que peut-être j'avais déjà oublié Isabelle, et que Muriel, notre collègue gentille, serait peut-être triste plus longtemps que moi. J'ai marché à reculons en direction de la porte. Alors qu'Antoine clamsait, Julie souriait encore. Je n'avais plus rien à dire, plus rien à faire avec elle. J'avais envie de partir en courant, c'est ce que j'ai fait.

Ma maison était vide. J'ai ouvert le frigo, j'ai pris une bouteille de jus d'orange et j'ai bu. Le jus était froid et j'ai ingurgité ça si vite que ça m'a piqué le nez. Ce n'était pas bon. Tout semblait me rentrer dans les sens. Les oreilles, le nez, la bouche, les yeux avalaient un ressac d'émotions mélangées.

Je me suis lavé les mains. Je commençais à avoir mal au doigt. J'ai voulu mettre un pansement, mais, soit parce que mes mains n'étaient pas assez sèches, soit parce que mon doigt pendouillait trop, cela n'a pas tenu. Avec un linge, j'ai emmailloté la coupure, ainsi maintenu le doigt pointait comme pour désigner quelqu'un. J'ai voulu manger. Je n'avais pas faim. Je me suis forcé. Finalement, j'ai remis les gâteaux dans le carton et j'ai rangé tout ça.

Mon chien a gratté à la porte pour que je lui ouvre. Je l'ai fait entrer, et je l'ai pris dans mes bras. Ce chien, dont j'endurais la présence, ce chien auquel je ne montrais presque aucune attention au quotidien, recevait soudainement tout mon amour. Je le grattais, je le sentais, mais il ne remuait pas la queue comme s'il percevait un malaise. Je suis resté comme ça un moment. J'ai pensé à mes enfants. C'étaient eux que j'avais envie de serrer dans mes bras. J'ai fermé les yeux et j'ai essayé de pleurer.

Je sentais que j'avais fait quelque chose qui ne serait plus jamais à faire, quelque chose d'unique et d'interdit. Je n'étais pas fier, mais j'avais le sentiment, la certitude, d'avoir fait quelque chose d'irréversible. Là-bas, dans cette maison, à même le sol, quelque chose de sûr et certain. Un homme était mort.

J'ai essayé de me concentrer, de réfléchir, mais je n'y suis pas arrivé. Je voulais aller chercher des cadeaux pour mes enfants dans les magasins fermés. Je voulais manger leur goûter favori. Je voulais leur écrire une lettre, passer les voir à l'école. Finalement, je n'ai rien fait de tout ça.

J'ai fait ressortir le chien dehors. J'ai nettoyé le sol, la table. J'ai rangé la bouteille dans le frigo. C'était comme si je mettais recul rapide. Je repassais par toutes les étapes en effaçant soigneusement mon passage. Je suis ressorti. Je savais où j'allais.

En arrivant à l'angle de la rue des Parisiens, j'ai regardé loin devant. Il n'y avait personne.

J'ai marché jusqu'à leur maison. Je suis entré. Que s'était-il passé dans sa tête à elle ? Pourquoi était-elle restée prostrée au sol près de son mari mort ?

Pourquoi raconter encore ?

Je l'ai tuée plus calmement que je l'avais tué lui. C'est terrible de le dire comme ça, mais tout est source d'apprentissage pour l'homme et ce deuxième meurtre, alors même qu'il était prémédité, m'a moins coûté. J'avais fait l'expérience de la spectaculaire capacité d'adaptation propre aux êtres humains. C'était comme si ce deuxième meurtre n'avait pas existé. Ça ne m'avait rien coûté de la tuer. Rien.

A-t-elle tenté quelque chose pour se défendre, pour m'amadouer ? J'ai beau chercher dans ma mémoire… rien ne vient.

Mon secret était ailleurs. Il était dans le fait que j'étais rentré chez moi, seul, que j'avais essayé de me concentrer sur mes pensées, sans y arriver, et qu'après avoir réfléchi, j'étais ressorti dans la rue. Personne ne m'avait vu et personne ne saurait jamais ça. Après l'avoir tué lui, j'étais rentré chez moi et j'étais revenu la tuer elle.

Désormais, j'étais tranquille. Il y a toujours ces moments dans la vie où on sait qu'on a une décision à prendre ou quelque chose à faire, que le temps file et que c'est urgent, que c'est maintenant, mais que malheureusement ça sera gâché. Raté, parce que l'instant n'est jamais fixe, mais qu'il se fait toujours bouffer le cul et la tête par le passé et l'avenir. Je sentais dans cette maison que mon maintenant se faisait bouffer des deux bouts.

J'ai pensé à leurs enfants. S'il fallait que je range. Ça m'a fait rire nerveusement. Je voyais bien que même en y mettant de la bonne volonté, ce n'était pas possible. Les jouets humains étaient cassés pour toujours. Je pensais trop. En contemplant au sol Antoine et Julie, je voyais mes parents. C'était comme si j'avais tué mes parents. J'ai eu envie d'appeler ma mère. Je ne savais fichtre rien de ce qu'elle faisait de ses journées, et ça, depuis des années. Ça aurait paru bizarre de l'appeler : « Allô ? Oui tout va bien. J'ai tué un couple. C'est bizarre. Je me sens vraiment soulagé, mais j'ai l'impression de te voir avec papa au sol dans la mare de sang... J'appelais pour être sûr que tu allais bien, que ce n'était pas toi, pas vous par terre. Sinon les petits vont bien. Amandine aussi... Je te laisse, je ne vais pas trop te déranger. »

Un bruit est arrivé du dehors. Ça frappait à la porte. D'abord timidement, puis de manière plus insistante. Quelqu'un derrière la lourde commençait à causer, à prendre des nouvelles. Il avait entendu du bruit. Il s'inquiétait. Il y avait eu des cris. C'est normal quand on est voisin de s'inquiéter.

J'ai crié : « Entrez ! C'est ouvert ! » Le type est entré. Je voyais très bien qui il était pour l'avoir déjà croisé dans le quartier des dizaines de fois. Je m'étais toujours dit qu'il ne faisait pas son âge et que probablement on lui donnait toujours dix ans de plus. Il avait les rides des soucis puis le sourire torve qui va avec.

Il m'a regardé, puis les a regardés. J'ai fini par lui dire d'aller appeler les secours, qu'il fallait qu'il se bouge. Il s'est empressé de m'obéir. Il n'a pas dû penser une seule seconde que je pouvais être le meurtrier de ce couple ou s'il l'a pensé il s'est sûrement dit qu'il valait mieux faire comme si de rien n'était. Par contre lorsque la police est arrivée avec les pompiers, il s'est tout de suite rangé à leurs côtés et il a commencé à m'interroger. Les hommes en uniforme lui ont demandé d'arrêter de poser des questions. Peut-être a-t-il cru que j'allais lui remettre ça sur le dos ? J'avais envie de rire, mais je pensais à mes enfants et pour la première fois j'ai pleuré.

J'ai dit à la police que le couple avait deux enfants. J'ai donné le nom de l'école. J'ai précisé qu'ils n'étaient pas de la région et qu'il fallait que des gens s'occupent des deux petits. C'était déjà terrible de perdre ses parents, ce n'était pas nécessaire qu'ils attendent en plus dans l'angoisse. Les policiers, qui ont compris assez vite le rôle que j'avais joué dans ce drame, ne comprenaient pas pourquoi je faisais preuve d'humanité. Ça leur coupait le sifflet. J'étais un bon père de famille qui avait pété un câble. J'étais un monstre. Pourtant je gardais mon sens pratique et peut-être une empathie tordue.

Le voisin m'a crié dessus lorsque la police m'a emmené. Je sentais qu'il s'en voulait de m'avoir obéi. Qu'il se sentait coupable d'avoir appelé les secours sur mes ordres ! Pourtant il n'y avait rien eu d'autre à faire.

Les chaudières au gaz de ville doivent obligatoirement répondre d'un contrat d'entretien annuel fait par une entreprise spécialisée. Pour les assurances. Et comme ma chaudière ne me semblait pas au mieux de sa forme, j'avais organisé mon emploi du temps pour être là quand le technicien passerait. C'était prévu pour dans une semaine. J'avais noté sur un petit bout de papier pour ne pas l'oublier : pression à remettre une fois par mois… Vase d'expansion à regonfler ? Demander au technicien de me montrer comment purger l'installation en cas de fuite sur le réseau fermé… Je chiffonnais dans ma tête ce bout de papier. Je ne pourrais pas honorer ce rendez-vous ni les autres d'ailleurs.

Mon caractère anxieux qui, durant mon enfance, m'avait fait me balader dans pas mal de salles d'attente différentes, qui m'avait même emmené jusque dans le cabinet d'un acupuncteur qui utilisait le laser, ce caractère anxieux remettait tranquillement mes idées en place, comme il l'avait toujours fait : en partant des moins importantes aux yeux des autres, mais pas des miens, pour finir par les plus importantes. Alors qu'on me baladait dans la ville, en direction du commissariat, je me suis rendu compte que je ne pourrais pas aller à l'enterrement d'Isabelle. J'ai repensé à nos mots fléchés. Amas de sporanges quatre lettres ? Urne. Il y avait aussi tout un tas de menus événements que ma femme Amandine ne pourrait pas annuler à ma place. Enfin, en bout de course, il y avait mes enfants. Je me les représentais ne plus me voir. Je les imaginais me pleurer.

Il y a très longtemps, alors que nous étions encore très amoureux j'imagine, j'avais pris l'avion avec ma femme. Elle m'avait dit le plus sérieusement du monde que si nous venions à mourir aujourd'hui dans un crash, alors elle regretterait que nos enfants ne soient pas avec nous, car c'est terrible de perdre ses parents. Je n'arrivais pas à réfléchir à partir de quelle fantaisie de l'esprit elle avait pu arriver à une telle conclusion. Je lui avais pour ma part soutenu que les enfants savaient sans doute encore mieux s'adapter que les adultes, et que c'était dans l'ADN de la relation parents-enfants que ces derniers puissent survivre à la mort de leurs parents. J'avais fini mon exposé en lui disant : « Tes parents t'aiment et toi, moi, nous aimons nos enfants... Mais nos enfants, ce seront leurs enfants qu'ils aimeront, et ce sera pareil pour eux. » Nous avions passé le reste du vol, dans le silence. Elle n'avait pas apprécié cette idée, qu'il puisse exister une « préférence » qui fait que quelqu'un aime toujours plus ses enfants que ses parents, ce qui est une bonne définition du mot survie.

Je repensais à mes enfants, et je pleurais discrètement. Je ne voulais pas être surpris par un flic. Ils font déjà une morale à n'en plus finir à quelqu'un qui téléphone au volant, donc à un individu comme moi qui venait de tuer deux personnes, j'imaginais qu'ils ne se priveraient pas. Pourtant c'était une erreur. Je me voyais comme j'étais, mais eux, qui ne me connaissaient pas il y a encore quinze minutes, me regardaient comme l'homme qui avait lacéré à coups de couteau à pain un pauvre père de famille, avant d'étrangler sa femme tout en lui martelant la tête sur le carrelage.

Je regardais le sang sur mes habits. Il aurait fallu mettre de l'eau froide tout de suite puis du liquide vaisselle. En frottant bien... J'avais encore du mal à m'imaginer que mes habits puissent devenir des pièces à conviction. Je me disais qu'il y avait assez de preuves chez le couple de Parisiens et que la police accepterait de me les laver. À cet instant, c'était tout ce qui me restait.

Est-ce que je leur demanderais une cigarette comme dans les films ? J'avais pourtant arrêté de fumer depuis dix ans. Ou est-ce que je m'excuserais en pleurant et en me pissant dessus, appelant ma mère à la rescousse, hurlant de détresse, prêt à accepter tous les pactes possibles ?

Un instant, à une intersection, j'ai vu le regard d'un des flics dans la voiture. Il me regardait comme un pauvre type, même pas un mec louche, juste un type sordide. Je ne lui faisais pas peur. En d'autres temps, en d'autres lieux, il m'aurait pendu haut et court sans autre forme de procès.

J'ai collé mon front contre la vitre, mais ils m'ont demandé de me tenir droit à cause du sang et parce que ce n'était pas un hôtel ici.

Je crois que c'est la dernière vraie scène de vie que j'ai vue avant d'être enfermé. Trois joggeurs courent, deux hommes et une femme. La femme porte un tee-shirt rouge pétard et tient un cocker en laisse. Dans le véhicule qui m'emmène à la prison, il y a une musique à la radio, *Misirlou*. Eux, sans le savoir, courent en rythme sur la musique. Je les regarde. Je repense à *Pulp Fiction*, à *Taxi* le film, et à mon coloc de fac Maxence qui un jour a cru pouvoir devenir un grand musicien de rock et qui, sur les scènes ouvertes où j'allais le voir, jouait tout un tas de trucs mal assortis dont cette chanson *Misirlou*.

Quand on se retrouve en prison, c'est un peu comme quand on attrape une maladie grave et incurable. Cela attire, exhume de notre passé des personnes qu'on avait oubliées, des anciens amis qui désormais feront tout pour maintenir le lien et d'une quelconque façon essayeront de nous aider. Dans ma situation, ça a été le cas d'un de mes anciens amis. Hugo. Nous nous étions perdus de vue à plusieurs reprises. Je ne sais pas qui l'a mis au courant de mon incarcération. Toujours est-il qu'il s'est mis à ne plus me lâcher les baskets, à m'écrire, à m'envoyer des colis, si bien qu'en quelques semaines, en quelques mois, nous sommes devenus les meilleurs amis du monde. Je ne sais pas pourquoi la maladie et la prison attirent comme ça des êtres du passé. C'est un fait, et ce serait une indélicatesse de leur renvoyer cela, à ces amis du passé. Pourquoi s'intéressait-il soudainement de nouveau à moi avec une sollicitude si prononcée ? Sans doute pour de mauvaises raisons, de celles que l'on juge basses. Les vices de l'homme sous couvert des meilleures intentions du monde.

En prison, j'avais régulièrement des entretiens avec une psy. On avait dû me juger assez réfléchi pour ça, ou peut-être que ça ne se bousculait pas au portillon, et comme je n'avais opposé aucune résistance… voire de la curiosité, j'y allais désormais toutes les semaines. Ce qui est bien pour la psychologie en prison c'est que les rendez-vous sont rarement manqués. Même quand la psychologue avait un empêchement tel ou tel jour, elle n'avait dès lors aucun mal à me trouver à un autre moment de la semaine. J'avais pour le coup pas mal de disponibilités dans mon agenda.

C'est elle qui la première m'a parlé du féminicide. On en parlait beaucoup à la télé, à la radio, et bizarrement je ne m'étais pas senti concerné. J'avais toujours considéré que j'avais tué un couple. Mais avec mon procès qui allait arriver un jour et cet acte qui ne s'effacerait pas, je sentais qu'on me reprocherait surtout d'avoir tué une femme.

Par curiosité, je me suis mis à lire au sujet de thèmes divers comme la place des femmes dans la société à travers les époques. La psychologue m'a aussi encouragé à essayer de coucher mes idées sur le papier, les mettre en ordre selon sa formule. J'ai fait son exercice, pas pour lui faire plaisir. Avec le recul, je me rends compte que c'était pour lui faire plaisir.

Je lui ai donné les notes manuscrites de mes idées assaisonnées par mes lectures féministes, et j'ai attendu en vain un retour de sa part qui n'est jamais venu.

J'ai continué à la voir en entretien, à écrire secrètement. Nous n'en avons plus parlé elle et moi.

C'est sûr qu'elle sera surprise en voyant que j'en ai fait un livre. Une histoire.

Merci à
Merci à Gaïd

Merci à mon ami Laurent pour son aide précieuse.
Merci à Gaïd pour tout le reste.

Achevé d'imprimer en janvier 2023
par CPI Firmin-Didot
N° d'éditeur : 2844
N° d'édition : 593402
N° d'imprimeur : 173799
Dépôt légal : mars 2023

Imprimé en France